i hear the sunspot - limit

Inhalt:

Yuki Fumino

geb. am 8. September

Band 2 von »Limit«!
Danke, dass Ihr Kohei und Taichi immer noch treu seid!

Kapitel 6

RRRING
GUTEN MORGEN!
GUTEN MORGEN!
RRRING
GUTEN MORGEN!
GUTEN MORGEN!
SAGAWA-KUN, DEIN OPA IST AUS DEM KRANKENHAUS ENTLASSEN WORDEN, JA?
AH, JA!
EIN GLÜCK, HOFFENTLICH ERHOLT ER SICH SCHNELL!
RRRING
TUT MIR LEID FÜR DIE UMSTÄNDE!
AH HA HA, DAS IST DOCH KEIN PROBLEM!
ZWEI WOCHEN SIND SEITDEM VERGANGEN.

MEIN OPA HASST KRANKENHÄUSER. ER HAT SICH GEGEN ALLE VERSUCHE, IHN DARAN ZU HINDERN...
IM KRANKENHAUS KANN MAN NICHT GESUND WERDEN!
... QUASI SELBST ENTLASSEN UND IST WIEDER ZU HAUSE.
HÖR MAL, GEN, DU DARFST NICHT SO UNVERNÜNFTIG SEIN!
SPINNST DU?!
DEN MIESEN FRASS DORT ERTRÄGT NIEMAND LÄNGER ALS EIN PAAR TAGE!
WILLST DU ÜBERHAUPT GESUND WERDEN ...?
SCHLÜRF
RAMEN
MH, DAS IST LECKER!
WHAMM
HE, DAS SIND MEINE INSTANTNUDELN, OPA!
WUUNG
OH MANN, DIESER STURE ALTE!
DER IST DOCH FITTER DENN JE?!
WUUNG
WOZU HAB ICH MIR EIGENTLICH SORGEN GEMACHT?
WUUNG
WUUNG
MH?
WUUNG

DAS COCHLEA
OH...
DAS DA...!
HM? WAS...?
DAS! WAS IST DAS, DIESES IMPLANTAT-DINGS?!
AH, DAS COCHLEA-IMPLANTAT MEINST DU?
ES IST WIE EIN HÖRGERÄT, DAS IN DEN SCHÄDEL EINGESETZT WIRD.
RSCHL
RSCHL
I...IN DEN SCHÄ-DEL?!
DAMIT GELANGEN DIE TÖNE ÜBER ELEK-TRISCHE SIGNALE DIREKT INS GEHIRN.
SO WIE AUF DEM FOTO HIER SIEHT ES AUS.
ES WIRD PER OP INS OHRINNERE EINGE-SETZT.
PER OPERA-TION?!
NA, ES IST EINE ROUTINE-OP.
SELBST BEI KLEINKIN-DERN MACHT MAN DAS INZWISCHEN.

U... UND DANN KANN MAN NORMAL HÖREN?
DAS IST VON MENSCH ZU MENSCH UNTERSCHIEDLICH.
DIE TÖNE HÖREN SICH DANN ANDERS AN, ALS MAN SIE BISHER WAHRGENOMMEN HAT...
BIS MAN SICH DARAN GEWÖHNT HAT, KANN ES EINIGE MONATE DAUERN.
ES SCHRÄNKT BEI MANCHEN SPORTLICHEN AKTIVITÄTEN EIN UND ES BIRGT RISIKEN, WENN MAN EIN MRT BENÖTIGT.
AUSSERDEM GIBT ES AUCH MENSCHEN, DIE TROTZ EINER SOLCHEN OPERATION NICHT ZURECHTKOMMEN.
FÜR MENSCHEN, DIE IN DER LAGE SIND, AUCH GEHÖRLOS ZURECHTZUKOMMEN, IST ES VIELLEICHT GAR NICHT NOTWENDIG.
ES GIBT VIELE ANDERE MÖGLICHKEITEN FÜR GEHÖRLOSE, SICH AN DIE WELT DER HÖRENDEN WEITESTGEHEND ANZUPASSEN...

IN JEDEM FALL IST ES EINE OP, DIE MAN SICH GUT ÜBERLEGEN MUSS.
WILL ER...
... DIESE OPERATION MACHEN LASSEN?
SO EINE OP IST ALSO NICHT OHNE...
ER HAT NIE WAS GESAGT.
OB ER DAS WIEDER NUR MIT SICH AUSMACHEN WILL...?
: KOHEI
TREFF: RE: OPA IST AUS DEM KRANKENHAUS RAUS
SUPER, DASS DEIN OPA SO SCH
DER ENTLASSEN WURDE. TUT M
DASS ICH ES NICHT GESCHAF
IHN DORT ZU BESUCHEN.
VIEL ERFOLG NOCH IN DE

ALS ICH BEI KOHEI ÜBERNACHTET HABE...
... WAR ER MORGENS SCHON WEG, ALS ICH AUFGEWACHT BIN.
SEITDEM HABEN WIR UNS NICHT MEHR GESEHEN.
KOHEI LÄSST AUSRICHTEN, DASS ER SCHON WEGMUSSTE.
UND DU SOLLST RUHIG NOCH HIER FRÜHSTÜCKEN!
ICH KONNTE MICH NICHT MAL RICHTIG BEDANKEN, DASS ICH BEI IHM ÜBERNACHTEN DURFTE.
MANN, SO EIN MIST!
ES IST SO VIELES UNGEKLÄRT UND VAGE GEBLIEBEN...
...

RRRING
DABEI WÜRDE ICH...
... IHN SO GERNE SEHEN UND NOCH MAL IN RUHE MIT IHM REDEN...
SAGAWA?
JA?!
ICH WÜRDE DIR JETZT ZEIGEN, WIE DU DIE DATEN DER NEUEN BEWERBER EINGEBEN KANNST.
HAST DU GERADE ZEIT DAFÜR?
AH, JA!
OH, DA IST WIEDER EIN FEHLER DRIN.
WAS, IM ERNST?!
KLACK
KLACK
NEIN, NEIN, NICHT DA!
HIER, DA KANNST DU KEINE ZAHLEN EINGEBEN!
WARUM KANNST DU DIR DAS NICHT MERKEN?
DAS WIEVIELTE MAL ERKLÄRE ICH DAS JETZT, ECHT!
SEUFZ
TUT MIR LEID...
HEY, WAS IST LOS?
AH, CHIBA, HÖR MAL!

ICH HAB IHM ERKLÄRT, WIE ER MIT DER SOFTWARE ARBEITEN SOLL...
... ABER ER MACHT IMMER WIEDER DIESELBEN FEHLER UND WIR KOMMEN NICHT VORAN!
ICH VERLIER LANGSAM ECHT DIE GEDULD...
SAG DIESEM IDIOTEN BITTE, ER SOLL SICH DAS ENDLICH MERKEN!
Dieser Idiot
DER IDIOT BIST DU.
WAS?!
WENN ER ES NICHT VERSTEHT, DANN DESHALB, WEIL DU ES SO SCHLECHT ERKLÄRST!
DER BURSCHE HIER MACHT KEINE FEHLER, WENN ER EINMAL WAS VERSTANDEN HAT!
JEMANDEM ETWAS BEIBRINGEN BEDEUTET, ES SO ZU ERKLÄREN, DASS DER ANDERE ES VERSTEHT.
WENN ES NUR UMS AUSWENDIGLERNEN GINGE, WÜRDE ES REICHEN, WENN ER DIE BEDIENUNGSANLEITUNG LIEST.

GEH AN DEINE EIGENE ARBEIT ZURÜCK.
ZACK
DEN REST ERKLÄRE ICH IHM.
KOMM, SAGAWA!
O... OKAY!
VERBEUG
VIELEN DANK!
HAAAAH...
ECHT JETZT?!
PLUMPS
MACH DIR NICHTS DRAUS, ARAKI!
CHIBA WOLLTE DIR EIN BISSCHEN ABWECHSLUNG VERSCHAFFEN, DU HAST GERADE NUR LANGWEILIGES ZEUG ZU TUN!
ER HAT ES DOCH NUR GUT MIT DIR GEMEINT!
ABER DU WEISST DOCH, DASS SAGAWA DA SCHWÄCHEN HAT.
ERZWIN-GEN KANN MAN ES EBEN NICHT.
ETWAS SO ERKLÄREN, DASS ES DAS SPATZENHIRN KAPIERT, IST EBEN GAR NICHT SO EINFACH!
AH HA HA HA
DA BRAUCHT MAN SCHON EINEN VOLLBLUT-LEHRER!
DAS MACHT ES JETZT ABER AUCH NICHT BESSER...
JA...

ABER...
... CHIBAS ÜBERFÜR-SORGLICHKEIT SCHEINT DAS NOCH ANZU-SPORNEN.
ER IST TOTAL VERNARRT IN IHN...
MAL SEHEN...
HIER MUSS ES DOCH IRGENDWO GEWESEN SEIN.
TAP
AH!

HIER!
DER LADEN DA IST ES!
OH, WER HÄTTE GEDACHT, DASS HIER EIN LOKAL IST.
UMEYA
HIER WAR ICH NEULICH MAL, ES IST EIN TREFF-PUNKT FÜR GEHÖR-LOSE.
ES IST NICHT SO LAUT UND DAS ESSEN IST LECKER, DA DACHTE ICH, DAS PASST DOCH GUT!
ENTSCHUL-DIGE, DASS ICH DAS LOKAL AUSSUCHE, OBWOHL DU MICH EIN-LÄDST!
IN EINER NORMALEN KNEIPE MUSS ICH IMMER DARUM BITTEN, ALLES NOCH MAL ZU WIE-DERHOLEN.
IST DAS LOKAL OKAY FÜR DICH?
AH, KLAR, FÜR MICH IST ALLES OKAY!
KEIN DING!
WUSCH
WUSCH

RATTER
RATTER
WARUM BIN ICH DENN SO NERVÖS?
ICH HAB DOCH SIE EINGELADEN...
HERZLICH WILLKOMMEN!
KLAPPER
KLAPPER
AH! MAYA!
BEEHRST DU UNS AUCH MAL WIEDER!
KLIRR
KLAPPER
UMETANI!
ICH FREU MICH!
ICH DACHTE SCHON, DU KOMMST NICHT MEHR, NACH DIESER SACHE...
NEIN, NEIN, ICH HÄTTE NICHT SO AUSFLIPPEN SOLLEN!
NA, MACHT DOCH NICHTS! KOMM REIN, KOMM REIN!
OH?

IST DAS DEIN FREUND?
WAS?!
N... NEIN!
ACH SO, JA, KOHEI IST JA DEIN FREUND, ODER?
NEIN, DER AUCH NICHT!
DAS SIND BEIDES NUR KOMMILITONEN VON DER UNI!
HIER WAR ICH NEULICH MAL!
SIE WAR HIER SCHON MAL, SAGTE SIE...
WAR SIE ETWA MIT SUGIHARA HIER?
Sag bitte nicht solche Sachen!
Sorry, sorry!
DONK
ACH JA, APROPOS KOHEI...

ER SAGTE WAS DAVON, DASS SIE ZUSAMMEN...
... BEI EINEM FUTSALKLUB IRGENDWO ANDERS WAREN.
WAS?!
SIEHT SO AUS, ALS HÄTTE ER SICH MIT RYU ANGEFREUNDET!
ÄH, ALSO, ICH WAR NEULICH MIT KOHEI BEIM GEHÖRLOSEN-FUTSALKLUB.
GEHÖRLOSEN-FUTSAL?
DAS IST EIN SPORT FÜR GEHÖRLOSE.
UND DA GIBT ES EINEN TYPEN, DER ECHT UNVERSCHÄMT IST.
GRUMMEL
DAS IST RYU.
KAROTTENKOPF...?
ICH FASS ES NICHT...
WIESO MIT DIESEM KAROTTENKOPF...?!

ER MEINT ES ECHT NICHT BÖSE, WEISST DU?!
ER IST NUR SEHR DIREKT...
... SO NACH DEM MOTTO: WAS SOLL ICH UM DEN HEISSEN BREI HERUMREDEN?
ICH WAR ANFANGS AUCH IRRITIERT.
WAR ER ZU DIR AUCH SO UNVERSCHÄMT?
MH, NA JA...
ICH KANN VON GEBURT AN AUF DEM LINKEN OHR NICHT HÖREN.
BIS VOR KURZEM HABE ICH DAS NIE JEMANDEM GESAGT, NUR MEINE ELTERN WUSSTEN DAVON.
ICH HAB IMMER SO GETAN, ALS GÄBE ES KEIN PROBLEM, WEIL ICH AUF DEM EINEN OHR JA HÖREN KANN.
DA MAN MIT NUR EINEM TAUBEN OHR KEINEN SCHWERBEHINDERTENAUSWEIS BEKOMMT, HÄTTE ICH EH NICHTS IN DER HAND GEHABT.
BEI UNTERHALTUNGEN HAB ICH GETAN, ALS WÜRDE ICH ALLES MITBEKOMMEN...
... UND HAB VORSICHTSHALBER MAL GELACHT, WENN DIE ANDEREN GELACHT HABEN.

DAS WAR OFT ECHT EINE BLÖDE SITUATION.
DANN HATTE ICH MICH MAL FÜR EVENTS DER STADT-ERNEUERUNG ALS FREIWIL-LIGER HELFER GEMELDET.
AH HA HA HA
AH HA HA HA
PLÖTZLICH STAND RYU NEBEN MIR.
WAS HAT DIE FRAU DA GERADE GESAGT?
ICH BIN SELBER AUF EINEM OHR SCHWERHÖ-RIG UND HAB ES NICHT RICHTIG VER-STANDEN!
WIESO HAST DU DANN GELACHT, WENN DU ES NICHT VERSTANDEN HAST?
SO ZU TUN, ALS KÖNNTEST DU HÖREN, DICH BEI DEN HÖRENDEN EINSCHLEIMEN, DIE HÖRENDEN NACHMACHEN...
... DAS IST DOCH BESCHEUERT?!

DAS HAT ER GESAGT?!
FLASH
Spinnt der?!
WAS SOLLTE DAS DENN, WOLLTE DER STREIT PROVOZIEREN?!
Ah ha ha!
TJA, KÖNNTE MAN MEINEN.
ABER WEISST DU, WENN MAN GENAU DARÜBER NACHDENKT...
... HAT RYU DOCH DIE RICHTIGEN ARGUMENTE, ODER?
WENN MAN ALS SCHWERHÖRIGER SO TUT, ALS KÖNNTE MAN HÖREN...
... DENKT DAS GEGENÜBER, ES GÄBE KEIN PROBLEM, UND WIEDERHOLT DIE WORTE NICHT...
... UND DAS WIRD FÜR ANDERE SCHWERHÖRIGE DANN ZUM PROBLEM.
UND AUS SICHT VON RYU, FÜR DEN ES EINFACH NORMAL IST GEHÖRLOS ZU SEIN...
... IST ES NATÜRLICH ECHT ÄRGERLICH, LEUTE WIE MICH ZU SEHEN, DIE NIRGENDWO RICHTIG DAZUGEHÖREN.

ALS MIR DAS KLAR GEWORDEN WAR, DACHTE ICH MIR, ER IST GAR KEIN SO ÜBLER KERL.
ABER...
... DER TON MACHT DIE MUSIK...
AH HA HA, ANFANGS FAND ICH ES AUCH HART, ABER ICH HAB MICH DRAN GEWÖHNT!
VIELLEICHT BIN ICH AUCH MASOCHISTISCH VERANLAGT?
AHHAHAHA
ICH HAB SO WAS ÄHNLICHES GESAGT BEKOMMEN...
... ABER ER...
... HAT ES ANDERS AUSGEDRÜCKT...
WARUM MUSST DU DIE GANZE LAST TRAGEN?

OH, SORRY, VOR LAUTER PLAUDERN...
WAS WOLLT IHR TRINKEN?
ENTSCHULDIGUNG, YASUDA!
ÄH, NEIN, SCHON OKAY!
HIER, BITTE, DAS IST DIE GETRÄNKEKARTE!
D... DANKE ...
IRGENDWIE...
... KANN ICH DA NICHT MITREDEN...

TRAP
TRAP
TRAP
TRAP

WUSCH
!
WUSCH
WUSCH
BAMMM
WAH...!
RYU!
DONK

NICE GOAL!
ECHT COOL, RYU!
MACH DAS NOCH MAL!
KEINE CHANCE, BIN TOTAL AM ENDE...
KEINE AUSDAUER! DABEI BIST DU NOCH SO JUNG!
HAMMER ...
HÄH
HÄH

DAS TOR EBEN WAR ECHT DER HAMMER!
WIE DU AUS DER POSITION RAUS SO SCHIESSEN KANNST!
WAR ABER AUCH EIN SUPER PASS VON DIR!
D... DANKE!
UND? WILLST DU RICHTIG ANFANGEN?
HM... WEISS NICHT, DARAN HAB ICH MICH NOCH NICHT GEWÖHNT.
ICH HAB BISHER NIE OHR-STÖPSEL BENUTZT.
WIE UMETANI GESAGT HAT...
... IST ES ECHT BEÄNGSTI-GEND, WENN JEMAND VON HINTEN KOMMT UND MAN NICHTS HÖREN KANN.
ABER DU HAST DAS GUT GEMACHT!
WIRK-LICH?

WIE LANGE IST ES HER, DASS ICH MICH SO KÖRPERLICH VERAUSGABT HABE?
MIT ALLER KRAFT RENNEN UND SO...
ICH GLAUBE, SEIT DAMALS BEIM BASE-BALL...
WANN WAR DAS NOCH...?
FWUPP
?!
BAMM
AUTSCH!
AUA...!
HE, WAS SOLL DAS DENN...?!

LACH
LACH
...
BRRRMM
WIE SOLL MAN IHM BÖSE SEIN...
... WENN ER SO UNBE-DARFT LACHT...
JA?
EINE NACH-RICHT VON DER FIRMA!
ES GIBT EIN EVENT ZUR VOR-STELLUNG DES NEUEN PRODUKTS!
ÄH? W... WAS...?
?
EIN EVENT ZUR PRODUKTVOR-STELLUNG.
ICH KANN FREUNDE UND BEKANNTE EINLADEN, UM DAS NEUE GAME AUS-ZUPROBIEREN, DAS WIR ENTWICKELT HABEN.
WOW, DAS KLINGT TOLL!

KOMMST DU AUCH?
WAS?
ÄH, NA JA, ICH SPIELE NICHT OFT GAMES...
WENN DU FUSSBALL SPIELEN KANNST, KANNST DU DAS AUCH!
W... WAS HAT DAS EINE MIT DEM ANDEREN ZU TUN ...?
HEY!
WIR GEHEN NOCH ALLE ZUSAMMEN WAS TRINKEN, KOMMT IHR MIT?
ANDERS ALS BEI UME IST DER ALTERSSCHNITT HÖHER UND DIE LADEN UNS EIN!
ABER LASS DICH NICHT ANBAGGERN!
WAS?
Anbaggern?
HE, WAS TUSCHELT IHR DENN DA?
DRÄNG
ICH WILL ES AUCH WISSEN!
ÄH, ALSO ...
DRÄNG
ACH JA, NENN MICH EINFACH YUMI!
SIE HAT SO EINE TIEFE STIMME ...
VERGISS ES, ER HAT SCHON EINE FREUNDIN!
UND MIT DEINEN FALSCHEN BRÜSTEN HAST DU EH KEINE CHANCE!
BRÜLL
HALT DIE KLAPPE, ALSO ECHT!
?
?

ABER SIE TRENNEN SICH EH BALD, DANN KANNST DU IHN NOCH MAL FRAGEN!
WAS...?
FLASH
HEY, WAS DENN, LÄUFT ES MIT DEINER FREUNDIN NICHT GUT?
KOMM, ERZÄHL!
GYAH
ÄHM... OKAY...
GYAH
WRRROMM
WARUM SAGST DU DENN SO WAS?

SO WAS...?
NA, DASS ICH MICH VON MEINER FREUNDIN TRENNE.
SO HAT SIE DOCH ERST RECHT NICHT LOCKERGE-LASSEN...
WEIL ES STIMMT.
HÖR MAL, DAS BESTIMMST DOCH NICHT DU?
WARUM NICHT?
DU KANNST NICHT AUF DAUER MIT JEMANDEM ZUSAMMEN SEIN, DER HÖRT.

SAG MAL, RYU...
WIESO HASST DU DIE HÖRENDEN EIGENTLICH SO?
ICH HASSE SIE NICHT!
ICH WILL NUR NICHTS MIT IHNEN ZU TUN HABEN!

BLINZEL
BLINZEL
ES IST DOCH NUR NERVIG FÜR BEIDE SEITEN.
DESHALB IST ES BESSER, WENN JEDER IN SEINER WELT BLEIBT.
UND EIGENTLICH IST ES DOCH GENAU UMGEKEHRT.
GENAU UMGEKEHRT ...?
SIE VERACHTEN UNS.
WEIL SIE DIE MEHRHEIT SIND, DENKEN SIE, SIE WÄREN DIE NORMALEN.
WAS SOLL SO TOLL DARAN SEIN, HÖREN ZU KÖNNEN?

SCHWUCK
A...
ABER ES SIND DOCH NICHT ALLE SO?
ES GIBT DOCH AUCH MENSCHEN, DIE SICH WIRKLICH BEMÜHEN, UNS ZU VERSTEHEN. DIE ABZULEHNEN WÄRE DOCH...
DEINE FREUNDIN...
... TUT MIR LEID.
WAS?
NA, WEIL SIE IN DIESER WELT IMMER IN DIE VERLEGENHEIT KOMMT...
... AUF DICH RÜCKSICHT NEHMEN ZU MÜSSEN.
AUF MICH RÜCKSICHT NEHMEN ...?

IN IHRE WELT BIS IMMER D DERJENI MIT DE HANDICA
UND WER MIT DIR ZUSAM-MEN IST, TRÄGT IMMER DIE LAST, DIR HILFESTEL-LUNG GEBEN ZU MÜSSEN.
DAMIT BEHIN-DERST DU SIE DOCH IN IHREM LEBEN.
IST DAS DENN OKAY FÜR DICH?
D...
DAS IST DOCH...

?
RYU?
WAS IST DENN?
WO GUCKST DU DENN HIN?
TAICHI...?

Kapitel 7
AAAH...
HAB ICH KOHLDAMPF...!
TUUT
TUUT
DU HAST JA AUCH GANZ SCHÖN GESCHUFTET!
ICH BIN AUCH FERTIG VOM VIELEN ERKLÄREN.
JETZT WEISS ICH, WIE ANSTRENGEND DAS FÜR ARAKI WAR!
DU GEHST DICH MORGEN BESSER NOCH MAL BEI IHM ENTSCHULDIGEN!
UUH... OKAY...
NA, BIS ZUM NÄCHSTEN MITARBEITERTRAINING IST ES NOCH EINE WEILE HIN!
DIESES WOCHENENDE KÖNNEN WIR AUSRUHEN.
CHIBA HAT GESAGT, ER LÄDT UNS ZUM ESSEN EIN!
JUHU!
HAB ICH GAR NICHT!
STRAHL

ACH JA, WO IST DENN DEIN FAHRRAD, TENDO?
LÄRM
BEIM SERVICE, ICH BIN HEUTE MIT DER BAHN DA.
ALSO KANN ICH AUCH WAS TRINKEN, CHIBA!
LÄRM
ICH SAGTE DOCH, ES WAR NIE DIE REDE DAVON, DASS ICH EUCH EINLADE!
LÄRM
LÄRM
KOHEI?!
WAS MACHST DU HIER?!
LÄRM
ÄH...
WAS IST LOS, SAGA...
!

WUSCH
TAICHI...
TRAP
?!
RYU?!
WAS?!
HE, WARTE MAL...?!
FWOSH
!
ZACK
HE, CHIBA-SAN?!
WAS MACHT ER DENN?!
TAICHI!
VERDAMMT NOCH MAL...

... RYU!!
WAS MACHST DU HIER?!
WIESO HAUST DU EINFACH AB, WENN DU MICH SIEHST?!
ÄH...?
OH, RYU?
LANGE NICHT GESE- HEN, WIE GEHT'S?
ZAPPEL
ZAPPEL
HÄ? WAS?
WER IST DAS?!

ACH SO, DU WUSS-TEST DAS GAR NICHT, SAGAWA!
DAS IST RYU UND ER IST...
... DER KLEINE BRUDER VON CHIBA.
WAS?!
RUMMS
DER KLEINE BRUDER ?!
HALT DIE KLAPPE UND SCHREI MIR NICHT SO INS OHR!
DER BRUDER VON CHIBA-SAN?!

ABER IHR SEHT EUCH KEIN BISSCHEN ÄHNLICH!
ARGL!
DU SOLLST DIE KLAPPE HALTEN, HAB ICH GESAGT!
ABER SAGT MAL, WARUM SITZEN WIR JETZT HIER DRAUSSEN?
WEIL ES IN DER KNEIPE VIEL ZU LAUT IST.
UND WOANDERS FINDEN WIR ZU FÜNFT KEINEN PLATZ.
HEY!
ICH BIN TAICHI SAGAWA!
FREUT MICH!
PH

HE, RYU...
... SAG DOCH WENIGSTENS HALLO!
RYU IST GEHÖRLOS, WEISST DU.
WAS?
DU SOLLTEST LIEBER GEBÄRDENSPRACHE BENUTZEN.
ALSO HÖRT ER GAR NICHTS?
JA, ABER ER IST GUT IM LIPPENLESEN.
WO HAST DU IHN DENN KENNENGELERNT, SUGIHARA?
BEI EINEM GAMER-EVENT ODER SO?
ÄH, NEIN...
IM FUTSALKLUB...
ERST VOR KURZEM.
ACH SO, NA, SO WAS.

ICH BESTELL MAL. WAS WOLLT IHR ESSEN?
BIER KOMMT SCHON.
BITTE SEHR, IHRE BESTELLUNG.
HIER, FÜR DICH, SAGAWA.
Komm schon.
WAH
DANKE!
ZUCK
!
LASS DAS LIEBER, TAICHI!
W... WIESO?!
DU VERTRÄGST DOCH NICHTS!
DU WIRST SOFORT BETRUNKEN!
GAR NICHT WAHR!
DOCH!
GAR NICHT!
DOCH!!

IHR KENNT EUCH SCHON LÄNGER?
!!
SCHLUCK
WAS?! W...W... WIESO?!
BEIM WORKSHOP HAST DU AUCH VON IHM ERZÄHLT.
IHR SEID GUTE FREUNDE, HM?
ÄH... N...NA JA...
ABER CHARAKTERLICH SEID IHR KOMPLETT DAS GEGENTEIL, SCHON EIGENARTIG.
WIE KOMMT ES, DASS IHR BEFREUNDET SEID?
UND NEGIMA UND GYOZA UND ODEN!
WAS? ODEN IN DIESER JAHRESZEIT?
HAAAH, ICH HAB SO HUNGER! LOS, BESTELLEN WIR WAS!
Ä... ÄHM...
LOS, LOS!
T...TENDO-SAN, ICH WILL RAMEN!
LOS, LOS!
BEEILUNG, BEEILUNG!
JAJA...
...
ZOOOM

RYU!
HEY, RYU...
ICH HAB GEHÖRT, DU KOMMST STÄNDIG NICHT NACH HAUSE?
DU ÜBERNACHTEST BEI DER ARBEIT ODER BEI FREUNDEN, STIMMT'S?
DU KANNST JA SCHLAFEN, WO DU WILLST...
... ABER SAG MAMA WENIGSTENS BESCHEID.
DU WEISST DOCH, DASS SIE SICH SONST SORGEN MACHT!
HE, IGNORIER MICH NICHT EINFACH, RYU!
!

GEBÄRDEN-SPRACHE...
UND DAS AUCH NOCH WÄHREND ER REDET, UND SO SCHNELL!
HAMMER ...
SUGIHARA HEISST DU, ODER?
WAS?
JA...
IST ANSTRENGEND MIT DEM KERL, STIMMT'S?
WAS?
ER IST SO EXTREM ICHBEZOGEN.
ES MUSS IMMER NACH SEINER NASE GEHEN.

ER DRÜCKT OHNE RÜCKSICHT AUF VERLUSTE JEDEM SEINE MEINUNG REIN.
DAS MACHT DOCH NUR ÄRGER, ODER?
ABER WENN MAN...
... NICHT HÖREN UND SICH...
... NICHT AN GESPRÄCHEN BETEILIGEN KANN, VERSTEHT MAN AUCH NICHTS VON DEN MEINUNGEN DER ANDEREN...
... IST ES DA NICHT LOGISCH, DASS MAN DA NUR SEINEN EIGENEN STANDPUNKT SIEHT?
ICH DENKE NICHT, DASS DAS RYUS SCHULD IST.

ENTSCHULDIGE!
!
ICH HAB VÖLLIG VERGESSEN, DASS DU AUCH SCHWERHÖRIG BIST.
ICH WOLLTE MICH NICHT ÜBER DEIN HANDICAP LUSTIG MACHEN.

TUT MIR LEID, WENN ICH DICH DAMIT VERÄRGERT HABE.
DAS WAR NICHT RICHTIG VON MIR.
!
SCHON OKAY...
ESSEN FASSEN!
OKAY, WER HATTE YAKITORI BESTELLT?
ÄH...
SAGT MAL, WAS IST DENN HIER FÜR DICKE LUFT?
CHIBA, DU SOLLST DIE JUNGEN LEUTE DOCH NICHT IMMER SO EINSCHÜCHTERN!
Also echt...
?
HAB ICH GAR NICHT!
WAS? NEIN, NEIN.
ALLES OKAY, ES IST NICHTS.

WAS FÜR EIN GAME HAST DU GESPIELT?
WAS? VON DEINER FIRMA?
AH, DAS NEU ENT-WICKELTE GAME…
… VON DEM DU VORHIN ERZÄHLT HAST?
WAS IST DAS FÜR EIN GAME?
KLAPPER
STARR
TAICHI?!
!

SAG MAL...
... WAS ICH MICH SCHON DIE GANZE ZEIT FRAGE...
DU HAST ECHT KRASS ORANGENE HAARE!
SCHLUCK
PRUST ...
KRIEGT MAN DAS MIT EINER NORMALEN FÄRBUNG HIN?
ICH HAB JA KEINE AHNUNG, HAB MIR NOCH NIE DIE HAARE GEFÄRBT.
DEINE NATÜRLICHE HAARFARBE WIRD ES JA NICHT SEIN, ODER?!
ÄH, WAS? WAS SAGST DU?
DIE FARBE?
ENT-FÄRBT...?

AH, GEBLEICHT!
ÄH, ABER WENN MAN DIE HAARE BLEICHT, WERDEN SIE DOCH WEISS?
WIE SAGT MAN »WEISS« IN GEBÄRDENSPRACHE?
W-E-I-SS...
AH SO? DAS BEDEUTET WEISS?
UND SCHWARZ?
HÄ, DEN KOPF TÄTSCHELN?
HYA
WAS?! ABER IST DANN »BLOND« NICHT ECHT SCHWER ZU VERSTEHEN?!
UND DU BIST DOCH ORANGE!
HYA
HYA
ALSO SCHÜCHTERN IST ER ECHT NICHT...
IN DER GEBÄRDENSPRACHE SIND GESTEN WIRKLICH ALLES.

KLAPPER
RATTER
GANZ SCHÖN SPÄT GEWORDEN!
GATANG
WAS FÜR EINE ÜBERRASCHUNG, DASS CHIBA-SAN EINEN BRUDER HAT!
GATANG
ICH GLAUBE, ER IST IN DEINEM ALTER.
WAS, ECHT?!
RATTER
UND DU KANNTEST IHN SCHON, TENDO-SAN?
Wieso kommst du ständig nicht nach Hause?!
ACH?
KLAPPER
NA, WEIL ICH...
... DOCH FÜR SEINE FIRMA DIE GAME-MUSIK MACHE.

HAB ICH DAS GAR NICHT ERZÄHLT?
ICH KOMPONIERE DIE MUSIK FÜR B-MOVIES IM HORRORGENRE UND FÜR SOCIAL GAMES UND SO WAS.
ACH?!
B-MOVIES IM HORRORGENRE...?
RATTER
DESHALB KENNE ICH RYU SOGAR SCHON LÄNGER ALS CHIBA.
GATONG
KLADDER
BEI SIGN BIN ICH ERST SPÄTER EINGESTIEGEN.
ACH, STIMMT JA, DU HATTEST DOCH GESAGT, DU HAST AUCH EINEN GEHÖRLOSEN KLEINEN BRUDER!
ACH NEIN, DAS WAR GELOGEN.
Klipp und klar.
RATTER
HÄÄÄ?!
DASS ER DAS NICHT SELBER GEMERKT HAT...
KLADDER
DERJENIGE, DER WEGEN SEINES KLEINEN BRUDERS IN DER FIRMA IST, IST CHIBA!
RATTER
NA JA, DA DIE BEIDEN KEIN GEHEIMNIS DARAUS MACHEN, KANN ICH ES JA SAGEN.
SIE SIND HALBBRÜDER.
HALBBRÜDER?

KLAPPER
RATTER
CHIBAS ELTERN HABEN SICH SCHEIDEN LASSEN...
... UND RYU IST DAS KIND SEINER MUTTER MIT CHIBAS STIEFVATER.
CHIBA IST ECHT FÜRSORGLICH IHM GEGENÜBER, AUF SEINE ART.
OJE, UND ICH SAG NOCH, DASS SIE SICH NICHT ÄHNLICH SEHEN...
FÜR SEINEN BRUDER SCHEINT ER JA EINIGES AUF SICH ZU NEHMEN.
ABER SO RICHTIG DICKE SCHEINEN SIE NICHT MITEINANDER ZU SEIN...
HM, DAS WEISS ICH AUCH NICHT SO GENAU.
KLAPPER
RATTER
VIELLEICHT NERVT ES RYU EINFACH, WENN CHIBA SO ÜBERFÜRSORGLICH IST.
NÄCHSTER HALT: KITAMI. KITAMI.
KLAPPER
RATTER
AH, HIER MUSS ICH UMSTEIGEN.
ALSO DANN, BIS MORGEN!
OKAY, BIS DANN!
BIS BALD MAL, SUGIHARA!

KLAPPER
...
RATTER
KLAPPER
IRGENDWIE KOMISCH...
... JETZT PLÖTZLICH MIT IHM ALLEINE ZU SEIN...
KLAPPER
BLINZEL
RATTER
KLAPPER
S... SAG MAL...
... WANN HAST DU DENN MIT FUTSAL ANGE-FANGEN?
?
RATTER
ER MEINTE, ER KENNT IHN VOM FUTSAL-KLUB...

»WAS?«
ÄH...
!!
RUMMS
WAH!
RUMMS

WEGEN EINES NOTHALTS DES ZUGES VOR UNS KOMMT ES ZU VERZÖGERUNGEN.
BITTE HABEN SIE GEDULD, BI DIE SICHERE WEITERFAHRT GARANTIERT WERDEN KANN
DAS WAR KNAPP!
TAICHI! ALLES OKAY?!
J...JA...
WEGEN EINES NOTHALTS DES ZUGES VOR UNS...
BADUMM
BIN ICH ERSCHROCKEN...
BADUMM
ICH BIN SO ERSCHROCKEN...
BADUMM

... WEIL ER...
... EBEN...
... NICHT GESPROCHEN HAT.
ALS WÄRE...
... ER EINER...
... VON DEN GEHÖRLOSEN, DIE KOMPLETT TAUB SIND.
BITTE VORSICHT AN DEN TÜREN.
PSSSSCH
AH... WIR SIND DA.
KLAPPER
RATTER
ENTSCHULDIGEN SIE DIE VERZÖGERUNG.
ICH STEIGE HIER AUS, IST DAS OKAY?
KOMMST DU KLAR?
ÄH, JA, KLAR...
ALSO DANN, MACH'S GUT!
GUTE NACHT!

KOHEI...
W...
WARTE...!
ZACK
!
DER ZUG
FÄHRT AB.

TAICHI...?
AH... ÄH...
ÄHM...
DIE TÜREN SCHLIESSEN.
PSSSCH
AH!
RATTER
RATTER
RATTER
MIST...
WAS MACH ICH DENN JETZT?
GRMPF
TAI-CHI...?
WAS IST DENN LOS?
ACH...
ALSO ...
ICH...

WIR HABEN UNS SCHON 'NE WEILE NICHT GESEHEN...
... UND HATTEN GAR KEINE ZEIT, ZU QUATSCHEN...
DAS IST DOCH SCHADE, DACHTE ICH...
ABER ES IST SCHON SO SPÄT.
SORRY, DASS ICH DICH AUFGEHALTEN HABE.
ICH WARTE MIT DIR, BIS DER NÄCHSTE ZUG DA IST.
SETZEN WIR UNS AUF DIE BANK?

ES HAT SICH NICHTS GEÄN-DERT.
ER IST IMMER NOCH DERSELBE.
TROTZDEM...
TAICHI...
SCHLUCK
DU HAST WOHL DOCH WAS GETRUN-KEN?
WAS?
TAI-CHI...?
!
WAS?!
!

DEIN GESICHT IST GANZ ROT.
ICH HAB ES GAR NICHT MITBEKOMMEN.
I...ICH HAB NICHTS GETRUNKEN!
WIRKLICH NICHT?
STARR
WENN ICH'S DOCH SAGE!
Was soll dieser Blick?!
ABER WARUM SOLL ICH DENN NICHTS TRINKEN?
DU TRINKST DOCH AUCH ALKOHOL!
ABER NUR GANZ WENIG.
UND DU WIRST SOFORT BETRUNKEN, DESHALB IST DAS NICHTS FÜR DICH.
DAS IST ECHT NICHT UNGEFÄHRLICH...
WAS?
ZWICK
N...NICHT UNGEFÄHRLICH...?
...

WUSCH
?!
WARUM WEICHST DU MEINEM BLICK AUS?!
AH HA HA
ACH... NUR SO...
VERARSCH MICH NICHT! LOS, SPUCK ES AUS!
WEIL...
... WENN ICH DICH SO ANSEHE, WILL ICH DICH KÜS-SEN, TAICHI.
WA...
IM ERNST JETZT?!
DU ÜBER-TREIBST DOCH, ODER?!
IM ERNST, WIRK-LICH!
PLUMPS

WAS WAR DAS DENN FÜR EIN RUMSEN?
DIE SIND WOHL BESOFFEN?
!
IGNORIER DIE DOCH.
SAG MAL?!
WHUPP
SAG MIR DOCH, WENN JEMAND KOMMT, VERDAMMT!
...
HÄ?
KOHEI?
WAS IST DENN?
TAICHI, DU...
DASS DU DAS SELBST NICHT MERKST ...!
AH HA HA HA
SORRY, ICH LACH MICH SCHLAPP!
WIE DU UMGEKIPPT BIST, WIE IN EINEM SLAPSTICK...!

KOHEI...
AH...!
ER LACHT...
ICH HAB IHN EWIG...
AH HA HA HA!
... NICHT MEHR LACHEN SEHEN.
W...WIE LANGE WILLST DU DENN NOCH LACHEN?!
SORRY, SORRY...!
OH MANN, ICH KANN NICHT MEHR!
ALSO HÖR MAL...!

GNNN
MIST!
DAS MACHT MICH TOTAL HAPPY!
HAAAAH
ICH WILL KOHEI...
... ÖFTER LACHEN SEHEN.
TAICHI, ARBEI-TEST DU NÄCHSTEN SAMSTAG?
WAS?
LASS UNS DOCH MAL WIEDER ZUSAM-MEN ESSEN GEHEN!
HAST DU ZEIT?
AH...! JA, HAB ICH!
DIESES WOCHEN-ENDE HAB ICH FREI!
ECHT?
JA, ECHT! VERSPRO-CHEN!
UNTER-NEHMEN WIR WAS ZUSAMMEN!
WAS WILLST DU MACHEN?
NACH OKINAWA!
WAR KLAR...

HMPF
DAS IST WOHL NICHT DRIN...
WENN WIR NUR EINEN TAG ZEIT HABEN, LOHNT SICH DAS NICHT...
... UND SO VIEL GELD HABE ICH NICHT...
KANNST DU NICHT URLAUB NEHMEN?
THEORE-TISCH JA, ABER...
... ICH BIN NOCH GANZ UNTEN IN DER RANGORD-NUNG UND MUSS NOCH HAUFENWEISE ZEUG LER-NEN...
DA KANN ICH NICHT EINFACH URLAUB NEHMEN.
ICH WÜNSCHTE ...
... WIR WÄREN BEIDE NOCH AN DER UNI, TAICHI.

WAS?
AH!
SORRY, ICH REDE UNSINN!
ICH HAB NUR IRGENDWIE NOSTALGISCHE GEFÜHLE...
ABER DU WEISST SCHON...
... GEMEINSAM MITTAGESSEN, MITSCHRIFTEN AUSTAUSCHEN...
... BASEBALL SPIELEN.
ES WAR SO SCHÖN, SO VIEL ZEIT MIT DIR ZUSAMMEN ZU VERBRINGEN.
ICH WÜNSCHE MIR, DASS ER LACHT.
I...
ICH...

... WÜRDE SO GERNE MAL RICHTIG MIT DIR QUATSCHEN...
... WENN WIR MAL DIE ZEIT DAZU HABEN...
ABER...
... ICH HAB DOCH IN DIESER FIRMA ANGEFANGEN, DAMIT ICH DIR...
WAS?
»WEIL ICH MIR WÜNSCHE, DASS DU MEHR LACHEN KANNST, DAFÜR TUE ICH DAS!«
I...ICH MEINE...!
DAMIT DU MIR ...?
...
HM?
DAS KANN ICH IHM DOCH NICHT SAGEN?!
ES WAR PEINLICH GENUG, DASS ICH DAS ZU MAYA GESAGT HABE!

DAMIT ICH SO WAS WIE DIE MIT-SCHRIFTEN FÜR DICH MACHEN KANN!
DAMIT ICH DIR MIT IRGENDWAS HELFEN KANN!
DESHALB HABE ICH IN DIESER FIRMA ANGE-FANGEN...
... WEISST DU?
ÄH...
FÜR MICH...?
ICH HAB'S GESAGT!
ZOOOSCH
AN BAHNSTEIG 2 FÄHRT EIN ZUG DURCH.
BITTE HINTER DIE WEISSE LINIE ZURÜCKTRETEN...
DANN...
... HAST DU...
KLAPPER
KLAPPER
KLAPPER

... MEINET-WEGEN...
... DAS STUDIUM ABGE-BROCHEN, TAICHI...?
FWOOOO

WAS?
WAS HAST DU GESAGT ...?
IN KÜRZE FÄHRT DER ZUG EIN.
DER ZUG...
... KOMMT, TAICHI.
AH...
JA.
BITTE HINTER DIE WEISSE LINIE ZURÜCKTRETEN.
KLAPPER

ALSO DANN!
MAILEN WIR NOCH MAL WEGEN SAMSTAG, JA?
JA...
... OKAY.
UND SAG DEINEM OPA SCHÖNE GRÜSSE!
PSSSCH
JA...
... MACH ICH!
GUTE NACHT!
ES HAT SICH DOCH NICHTS GEÄNDERT, UND TROTZDEM...
RATTER
KLAPP

RATTER
WAS...
KLAPPER
... HAT ER DA VORHIN NUR GESAGT?
RATTER
... HABE ICH DAS GEFÜHL...

... KOHEI ENTFERNT SICH IMMER WEITER VON MIR.

i hear
the
sunspot
limit

i hear the sunspot
limit

Kapitel 8
TAICHI!
WAS MACHST DU DENN, TAICHI?
HIER, HIER!
TAP
HIER, HAB ICH GESAGT!
LOS, KOMM SCHON!
WO BLEIBST DU DENN, TAICHI?!
HALT DIE KLAPPE, JETZT BIN ICH DOCH DA!
HM?
SCHRILL
SCHRILL
HE?
SCHRILL
KOHEI!

WAS MACHST DU DENN DA?!
KLAPPER
TAI-CHI!
HE, TAICHI!
DAS IST DOCH GEFÄHRLICH DA!
RATTER
HE, KOHEI!
KLAPPER
RATTER
HÖRST DU MICH DENN NICHT?!
KLAPPER
KOHEI!
HALT...!!
RATTER
TAICHI!

WACH AUF!
RATTER
TAICHI!
DU SOLLST AUFWACHEN!
RATTER
HRGL ...?
OH MANN, ENDLICH MACHST DU DIE AUGEN AUF, DU SCHLAF-MÜTZE!
DU HAST IM SCHLAF GEREDET, DAS NERVT ECHT!
OH...
ICH HAB GETRÄUMT.
RATTER
GETRÄUMT? WAS DENN?
WAS WAR DAS NOCH GLEICH ...
ABER SAG MAL, SAGTEST DU NICHT ...
... DU BIST HEUTE VERABRE-DET ODER SO?
10:38

WAAAAH!!
WIR TREFFEN UNS DOCH SCHON UM 11 UHR?! WAS WAR MIT MEINEM WECKER?!
RRRUMMS
DER HAT ZIGMAL GEKLINGELT, DA HAB ICH IHN AUSGEMACHT.
WARUM WECKST DU MICH DENN DANN NICHT, ALTER?!
TSCHÜSS!
ÄH, DU SOLLTEST DIR WENIGSTENS WAS ANZIEHEN.
TRAP
HUST
HUST
ALLES OKAY, OPA?
TST.
GEH LIEBER ZUM ARZT, WENN DU EINE ERKÄLTUNG HAST!
SEI DOCH STILL, AN EIN BISSCHEN HUSTEN STIRBT MAN NICHT.
DAS IST DOCH KEIN ARGUMENT, GEH BITTE HIN!
DU WILLST DOCH NICHT WIEDER IM KRANKENHAUS LANDEN!
JA-JA.
GEH ZUM ARZT!
KLAPPER
KLAPPER
MANN, SEI NICHT SO LAUT!

HUST
HUST
HUST
HUST
HAH...
ALSO ECHT...
DAS IST NICHT WITZIG...
UND DU LACHST AUCH NOCH?

HOFFENT-LICH IST ALLES OKAY BEI TAICHI...
...N: TAICHI SAGAWA
SORRY HAB VERPENNT BIN IM ZUG BEEILE MICH
ER SCHREIBT SO ABGE-HACKT.
WIR HÄTTEN VIELLEICHT EINEN RUHIGE-REN ORT ALS TREFFPUNKT NEHMEN SOLLEN.
LÄRM
LÄRM
LÄRM
HIER WERDE ICH GANZ NERVÖS.
LÄRM

ICH FREU MICH. MACH DIR KEINEN STRESS!
WAS SOLLEN WIR HEUTE UNTER-NEHMEN?
WIR HABEN SO WAS SCHON LANGE NICHT MEHR ZU ZWEIT GEMACHT.
WO SOLLEN WIR HIN-GEHEN?
TAICHI SOLL WAS AUSSU-CHEN.
DAMIT ICH DIR MIT IRGENDWAS HELFEN KANN!
...
HALLO?

ENTSCHULDIGE, KANN ICH DICH WAS FRAGEN?
TRAPPEL
MIST, ICH BIN TOTAL SPÄT DRAN!
TRAP TRAP
HAH
HAH
HOFFENTLICH IST ER NICHT SAUER!
UAH, SO VIELE MENSCHEN...
WO IST KOHEI...
WAB
!

WAAAH!
STRAAAH
WIE DAS DUFTET!
MIST, ICH HAB NICHTS GEFRÜH-STÜCKT...
NEIN, NEIN, ICH MUSS ZU KOHEI, KOHEI...
GRRRUMM
HEY, DER DA DRÜ-BEN...
... DER IST DOCH MODEL ODER SO?
DER SIEHT SO VER-DAMMT GUT AUS!
UND DER NEBEN IHM IST VIEL-LEICHT SEIN MANAGER?
HM, MEINST DU?
DIE WIRKEN ABER NICHT VERTRAUT MITEINAN-DER...
... UND DER EINE SCHEINT SICH NICHT WOHLZU-FÜHLEN...
ÄHM, TUT MIR LEID, ICH...
ACH, KOMM SCHON!
DENK WENIGS-TENS MAL DRÜBER NACH!
ÄH...

WAS MACHST DU DA MIT IHM, VER-DAMMT?!
GYAH!
OCK
TAICHI?!
HÄ?! WAS?! WER BIST DU DENN?!
Ich hab noch nicht mal Hände oder Füße eingesetzt!
SAG MIR ERST MAL, WER DU BIST!
UND WAS DU VON KOHEI WILLST...!
HM...?
EW FACE
RODUCTION
TALENTSCOUT
SAION HIRO
NEW FACE PRODUCTION...?
I...ICH BIN EIN TALENT-SCOUT!
ICH SUCHE NACH LEUTEN, DIE MODEL ODER SCHAUSPIELER WERDEN WOLLEN!

HEY, ICH MEINE, SCHAU IHN DIR AN, ER SIEHT SUPER AUS UND HAT EINEN GUTEN STYLE!
ER HAT ALLES, WAS EIN STAR BRAUCHT!
ALLE MÄDELS DREHEN SICH NACH IHM UM!
ALSO, WENN DU NOCH BEI KEINER AGENTUR UNTER VERTRAG BIST...
... WÜRDEST DU DIR UNSERE ZUMINDEST MAL ANSEHEN?
DU MUSST DICH AUCH NICHT SOFORT ENTSCHEIDEN.
ÄH, ICH...
ER SAGT, DU MUSST DICH NICHT SOFORT ENTSCHEIDEN.
DU KÖNNTEST DIR DIE AGENTUR EINFACH MAL NUR ANSEHEN.
AH...
MODELN WÄRE DOCH DER HAMMER!
ÄH, ABER DAS GEHT DOCH NICHT...
SAG MAL...
ÄHM... KANN ES SEIN, DASS DU SCHLECHT HÖRST?
WAS?

ER FRAGT, OB DU SCHLECHT HÖRST.
AH, JA... ICH BIN SCHWERHÖRIG UND BRAUCHE HÖRGERÄTE.
ACH SO, OKAY...
SEUFZ
SO IST DAS ALSO...
DANN IST ES SCHWIERIG.
JA, OKAY, VERSTEHE, ICH WILL DICH JA GAR NICHT ZU IRGENDWAS ÜBERREDEN!
SORRY, DASS ICH DEINE ZEIT IN ANSPRUCH GENOMMEN HABE!
ALSO DANN, ALLES GUTE!
HE!
WAS SOLL DAS GELABERE?!

WAS?
WAS SOLL DENN DARAN SCHWIERIG SEIN?!
WOHER WILLST DU DAS WIS-SEN?! DU KENNST IHN DOCH GAR NICHT!
ÄH... ICH...
NUR WEIL DIR WAS NICHT PASST...
TAICHI!
DAS REICHT JETZT.
KOMM, GEHEN WIR.
WAS?! ABER...
AH!
HE, DU, WARTE!
HE!
TRAP
TAICHI!
ES REICHT, WIRK-LICH!
GAR NICHT. WAS BILDET DER SICH EIN?!
SOLL ICH DAZU EINFACH SCHWEI-GEN?!
TAICHI!

DU MUSST SO WAS NICHT FÜR MICH TUN!
AH...
S...
SORRY ...
OKAY...
IST ZWAR ETWAS FRÜH, ABER...
... GEHEN WIR WAS MITTAG-ESSEN?

WRRROMM
ACH, WIE SCHÖN! SIE HABEN DOCH BESTIMMT SO SCHON GENUG ZU TUN, BES-TEN DANK ALSO!
MACHEN SIE EINFACH ALLES, WIE SIE ES IMMER MACHEN!
KLAPPER
KLAPPER
DANN AUF GUTE ZUSAM-MENARBEIT NOCH MAL!

TUT MIR WIRKLICH LEID, DASS ES SO KURZFRISTIG WAR, SUGIHARA-SAN.
NEIN, NEIN!
DAS PASST GANZ GUT, ICH HAB NUR WENIGE SCHÜLER HEUTE.
LÄRM
ABER ICH BIN ECHT NERVÖS, HOFFENTLICH KRIEGE ICH DAS GUT HIN!
ABER SICHER DOCH!
LÄRM
STRAHL
NICHT DOCH, ICH HAB IHNEN ZU DANKEN!
AUF GUTE ZUSAMMENARBEIT!
SUGIHARA-SAN, HABEN SIE EINEN MOMENT?
JA, NATÜRLICH!
WÄRE ES OKAY, WENN WIR DIESE TOPFPFLANZE EIN WENIG VERSCHIEBEN?
NA SICHER, KEIN PROBLEM!
ENTSCHULDIGEN SIE DAS DURCHEINANDER!

ACH NEIN, DAS IST DOCH KEIN PROBLEM!
KOCH-KURSE IN EINEM SO SCHÖNEN ZUHAUSE ...
KEIN WUNDER, DASS SIE BEI IHREN SCHÜLERN BELIEBT SIND.
ACH, DANKE, DANKE!
UND DANN AUCH NOCH EINE SO JUNGE UND HÜBSCHE LEHRERIN!
Ach je!
HÖREN SIE DOCH AUF, ICH BIN NICHT JUNG! ICH BIN DOCH SCHON EINE ALTE OMA!
NEIN, WIRKLICH, MAN WÜRDE NICHT GLAU-BEN, DASS SIE SCHON EINEN SOHN HABEN, DER STUDIERT!
ACH NEIN, DAS IST ABER NETT...
APRO-POS...
IST IHR SOHN HEUTE GAR NICHT HIER?
WAS?
AH... NEIN, ER IST HEUTE UNTER-WEGS.
WANN KOMMT ER DENN WIEDER?
TJA...
DAS WEISS ICH AUCH NICHT GENAU.
ÄHM, BRAUCHEN SIE DENN ETWAS VON IHM?
ACH, NEIN, NEIN...

ICH HAB VON SUZUKI-SAN GEHÖRT...
... DASS IHR SOHN EINE HÖRBEEINTRÄCHTIGUNG HAT?
UND DASS ER EIN SEHR GUT AUSSEHENDER JUNGER MANN IST, HAT ER AUCH GESAGT!
EIN RICHTIG SCHICKER KERL!
AH HA HA
DAS IST JA ECHT TOLL...
... EINE MUTTER, DIE MIT DEM KOCHEN KARRIERE MACHT UND SICH DABEI UM IHREN BEHINDERTEN SOHN KÜMMERT!
ICH DENKE, DIE STORY KÄME ALS DOKU AUCH GUT AN!
UND SIE SIND EINE SO SCHÖNE FRAU, DAS WÜRDE EIN TOLLES BILD ABGEBEN MIT IHREM SOHN ZUSAMMEN!
Ä...ÄH, MOMENT MAL, KOMIYAMA...!
DÜRFTEN WIR IHREN SOHN VIELLEICHT DANN AUCH NOCH INTERVIEWEN?

VERSTEHE...
WENN DAS SO IST...
GUTEN APPETIT!
RSCHL
RSCHL
HAPPS

MMMH!
LECKER!
DER TERIYAKI-BURGER IST GENIAL!
BEI DEM SCHÖNEN WETTER IST DRAUSSEN ESSEN ECHT TOLL!
SICHER? WÄRE DIR DRINNEN NICHT LIEBER GEWE-SEN?
ICH FIND ES GUT HIER!
DANN BIN ICH JA FROH.
HAHAHA
TAICHI, ALSO ECHT!
DU BIST GANZ VOLLER SOSSE!
MH?
SIEHT AUS, ALS HÄT-TEST DU LIPPENSTIFT DRAN!
UÄH?!

IST ES WEG?
NOCH NICHT GANZ.
HÄ?
WARTE.
MH!
NACK
JETZT IST ES WEG.
D... DANKE ...

MH?
WUSCH
WARUM BRINGT MICH DAS JETZT SO AUS DER FASSUNG?!
DAS IST DOCH MEGAPEINLICH...!
WARUM MACHT ER DAS EINFACH UND IHM MACHT ES NICHTS AUS?!
HAPPS
HAPPS
?
VIELLEICHT IST DAS GANZ NORMAL FÜR IHN...
DIE MÄDELS STEHEN AUF IHN...
... ER HATTE SCHON EINE FREUNDIN...
DA IST SO WAS...
... GAR NICHTS BESONDERES FÜR IHN.

UND WAS JETZT?
LÄRM
WIR HABEN GAR NICHT ÜBERLEGT, WAS WIR UNTERNEHMEN!
WILLST DU WAS BESTIMMTES MACHEN, TAICHI?
HM, WENN DAS WETTER SCHON SO SCHÖN IST...
... SOLLTEN WIR WAS SPORTLICHES MACHEN!
ER WILL DOCH NICHT ETWA ANS MEER?
ICH SITZ IN LETZTER ZEIT NUR RUM UND BIN SCHON GANZ EINGEROSTET.
FÜR DIE VORBEREITUNG AUF DEN NÄCHSTEN WORKSHOP...
... BRINGEN SIE MIR GERADE DIE NEUE SOFTWARE BEI...
... UND ICH MACH NUR FEHLER, CHIBA IST SCHON RICHTIG SAUER AUF MICH.
DIESER CHIBA...

ER IST...
... ZIEMLICH GUT IN DER GEBÄRDENSPRACHE.
IN GEBÄRDENSPRACHE? ACH JA?
ICH HAB GESEHEN, WIE ER MIT RYU GESPROCHEN HAT.
ER HAT GEBÄRDENSPRACHE BENUTZT UND GLEICHZEITIG GESPROCHEN.
IST DAS NICHT GANZ NORMAL?
WENN ES NUR UM ZEICHENSPRACHE GEHT, JA.
SO, WIE ICH SIE MIT DIR VERWENDE.
ABER CHIBA HAT BEI RYU DIE GEBÄRDENSPRACHE IN KOMBINATION EINGESETZT.
JAPANISCH UND GEBÄRDENSPRACHE SIND UNTERSCHIEDLICH IN DER GRAMMATIK...
... ES IST ZIEMLICH SCHWIERIG, BEIDES GLEICHZEITIG ZU MACHEN.
WRRROMM
AHA...
DA FÄLLT MIR EIN, BEI DEM WORKSHOP...
... HAT CHIBA GESPROCHEN UND ENAMI HAT IN GEBÄRDENSPRACHE ÜBERSETZT...

ABER ICH HAB NOCH NICHT OFT RICHTIGE GEBÄRDENSPRACHE IN AKTION GESEHEN.
TAICHI?
AH, SORRY, JA?
ICH HAB NACHGEGUCKT, HIER IN DER NÄHE GIBT ES EINEN BATTING CAGE.
AH! NICE!
ACH SO, ABER... GEHT DAS DENN KLAR FÜR DICH?
WAS?
HATTEST DU NICHTS SPEZIELLES VOR?
WIR HABEN GENUG ZEIT, WIR KÖNNEN JA AUCH NOCH WAS NACH DEINEM WUNSCH UNTERNEHMEN!
WO WÜRDEST DU DENN...
MIR GANZ EGAL.
ICH MACH ALLES, WAS DIR AUCH SPASS MACHT.

WAS SOLL DAS DENN...?
WAS?
WAS DU EBEN...
BRRRMM
WAH!
SORRY, EINE NACH-RICHT...

IRGEND-WIE...
... BIN ICH...
... JETZT EXTREM DEPRI-MIERT.
WAS IST DAS NUR?
WARUM BRINGT...
... KOHEI MICH SO AUS DER FASSUNG?
DAS IST SCHON DIE GANZE ZEIT SO.
SAG MAL...
... KOHEI, DU...

ZACK
PASS AUF!!
WRRROMM
WAS MACHST DU DENN?! DIE AMPEL WAR ROT!
OH... SORRY... ICH HAB DIE TEXT-NACHRICHT GELESEN...
DIE TEXTNACH-RICHT?
DAS PRODUKTVORSTELLUNGSEVENT, VON DEM ICH DIR NEULICH ERZÄHLT HABE, FINDET HEUTE STATT. KOMMST DU? WENN JA, DANN HOLE ICH DICH VOM BAHNHOF AB.

VON RYU...?
DIESER KAROTTENKOPF?
JA... ER SCHREIBT, DASS HEUTE EIN EVENT ZUR PRODUKTVORSTELLUNG EINES NEUEN GAMES STATTFINDET.
UND OB ICH KOMMEN WILL.
EIN NEUES GAME?
RYU ARBEITET IN EINER FIRMA, DIE GAMES ENTWICKELT.
ACH JA, STIMMT, ER HAT SO WAS GESAGT.
SORRY, ICH SCHREIBE IHM NUR KURZ, DASS ICH NICHT KANN.
HÄ? WAS? WIESO DENN?
WAS?
STATTEN WIR DER FIRMA VON DEM KAROTTENKOPF DOCH EINEN BESUCH AB!

TJA, UND DESHALB...
FWUPP
FWUPP
... SIND WIR ZUSAMMEN HIER...
ALSO NUR, WENN DAS OKAY IST...?
SORRY, DASS ICH EINFACH MITGE-KOMMEN BIN!
ICH HAB NICHT WIRKLICH AHNUNG VON GAMES, ABER DAS HÖRT SICH COOL AN!
BA
MM
...
ÄHM, ABER WENN ES NICHT GEHT, DANN...
ICH GEH AUCH SOFORT WIEDER, WENN ICH NICHT ERWÜNSCHT BIN!
ALSO BITTE!
WHUPP

WAS?!
HEISST DAS JA?!
O. K.?!
ECHT JETZT?! THANK YOU!
JUHU, LOS GEHT'S!
W...
WARTE MAL!
HUAH?
TAICHI!
WARTE DOCH MAL!
BIST DU SICHER, DAS IST OKAY?
WAS DENN?
NA WAS WOHL!
DAS, WO WIR JETZT HINGEHEN!
DA WERDEN LAUTER FREUNDE UND BEKANNTE VON RYU SEIN...
... VERMUTLICH ALLES GEHÖRLOSE UND SCHWERHÖRIGE...

?
!
AUF WAS WILLST DU HINAUS?
Na und?
BEEILEN WIR UNS!
KOMM SCHON, DER KAROTTENKOPF WARTET!
H... HE...!
TAICHI...!
welcome underground
HIER?
IM UNTERGESCHOSS?
DAS BÜRO SCHEINT WOHL OBEN ZU SEIN.
ER SAGT, IM UNTERGESCHOSS HABEN SIE RÄUME ANGEMIETET.
DA IST DEIN ARBEITSPLATZ?
AHA!

ACH JA, DAS EBEN...
... SOLLTE »PASS AUF« HEISSEN!
HM? WAS SOLLTE DAS JETZT BEDEUTEN?
PASS AUF, ES IST DUNKEL, NICHT STOLPERN!
FWUTSCH
FWWWWTSCH
ARRRGH!
TAICHI!!
Hab ich's nicht gesagt?!
TAICHI!
ALLES OKAY?!
UUH... ALLES GUT...
KLAPPER
HM?

OH!
DA IST JA WAS LOS!
SIND DAS ALLES BEKANNTE VON DIR?
NEIN?

DER DA DRÜBEN...
DIE HÄLFTE VON DENEN HAT DIE ANKÜNDIGUNG GELESEN UND IST EINFACH VORBEIGEKOMMEN.
WAS? SORRY?
WAS IST MIT DEM?
ER HAT EIN COCHLEA-IMPLANTAT.
OH, ACH JA?
AH, STIMMT!
MAN SIEHT ES GAR NICHT AUS DER FERNE.
ER BENUTZT GEBÄRDENSPRACHE...
ÜBERSETZT ER?
KOHEI...

MIT IHM HAT ER ÜBER DAS COCH-LEA-IMPLANTAT GESPROCHEN...?
OBWOHL ER MIR NOCH GAR NICHTS DAVON GESAGT HAT?
WARUM...?
TAP TAP
OH, ENTSCHUL-DIGUNG!
DONK
AH!
T... TUT MIR LEID...
OH?

WAS?!
ACH NEIN, BIST DU DAS, SUGIHARA?!
WHU
WAH! HÄ?!
YUMI?
ICH DACHTE SCHON, WAS IST DAS DENN FÜR EIN SCHNITTCHEN!
PP
HACH, ICH FREU MICH SO! DU HAST DIR MEINEN NAMEN GEMERKT!
ICH BIN JA SO GERÜHRT! DU BEKOMMST GLEICH EINE EXTRABELOHNUNG!
WAH! HE...!
SCHMATZ
!!
W...WAS WIRD DAS DENN?!
HE, LASS DAS BITTE!
ACH NEIN, DU WIRST JA GANZ ROT, WIE SÜSS! ♥
HE, KOHEI?!
AH... TAI...
OH, WER IST DAS DENN?
EIN FREUND VON DIR, SUGIHARA?
WIE SÜSS!
ER HAT SO KNUDDELIGE BACKEN!
ÄH? ÄH?
MMH?!

WHUPP
YUMI!!
WAS ...?
WAS MACHST DU EIGENTLICH HIER?!
NA, WAS WOHL? RYU HAT MICH EIN-GELADEN!
H HAB MICH TRA SCHICK MACHT, WEIL H DACHTE, AS IST EINE ARTY, ABER LE SIND SO BRAV!
Zu schade!
DESHALB BIST DU SO AUFGETA-KELT...
ABER ECHT TOLL, DASS SIE DAS GAME FER-TIGSTELLEN KONNTEN.
HEUTZUTAGE IST SO EIN STARTUP GANZ SCHNELL WIE-DER WEG VOM FENSTER.
NOCH DAZU, WO SIE JEGLICHE ÖFFENTLICH-KEITSARBEIT UND INTERVIEWS ABGELEHNT HABEN.
INTER-VIEWS?
FWUPP
He!
JA, SO WAS WIE IN DEN ABEND-NEWS UND SO.
SIE WOLLTEN SCHEINBAR NICHT, DASS MAN DARÜBER BERICHTET, WIE »HÖRBEHINDERTE MENSCHEN SICH INS ZEUG LEGEN«, UND SO.
HMPF
MIST!
ICH KRIEG GAR NICHTS MIT, WEIL KOHEI IM WEG STEHT!
WARUM SCHLIESST ER MICH SO AUS?!
UND FLIRTET MIT SO EINER SCHÖNHEIT RUM?!
ABER SIE HAT ECHT GROSSE HÄNDE...

LANG-
WEILIG...
HEY!
IST DAS EIN
QUARTETT?
AH,
NEIN!
ABER
DAS IST
EIN KAR-
TENSPIEL,
ODER?
DAS HAB
ICH BEI
KUMPELS
VON MIR
SCHON MAL
GESEHEN!

ABER ES SIND ANDERE BILDER DRAUF...
?
WAS? HÄ? NOCH MAL!
D...DIE BILDER HABE ICH GEMALT...
WAS?! DU HAST DIE KARTEN GEMACHT?!
DIE ZEICH-NUNGEN SIND VON DIR?!
HAMMER!
DU BIST ECHT DER HAMMER!
DU BIST JA ECHT IRRE GUT!
ICH HAB NOCH NIE JEMANDEN GETROFFEN, DER SO GUT MALEN KANN!

AH, WIE GING »UNGLAUBLICH« IN GEBÄRDENSPRACHE?
ACH JA, SO! UNGLAUBLICH!
D...DAS IST DAS ZEICHEN FÜR »COOL«.
OH, ACH SO? DANN WAR ES DAS HIER? ODER SO?
Nein, falsch!
SAG BLOSS, DAS IST DAS NEU ENTWICKELTE GAME?!
DANN IST ES GAR KEIN PC-GAME...?
DAS SIND NUR GIMMICKS, DIE WIR ZUSÄTZLICH GEMACHT HABEN.
DAS EIGENTLICHE SPIEL IST EIN PC-GAME.
WAS? KANN ICH MAL SPIELEN?
OH, ICH HAB SO WAS NOCH NIE GESPIELT.
WIE GEHT DAS DENN?
Mal sehen...
HEY, WIE SPIELT MAN DAS DENN?

KICHER
KICHER
?
KÖNNEN DIE MICH NICHT HÖREN?
AH, S... SOLL ICH ES DIR ZEIGEN?
ECHT?! THANK YOU!
WEN HABEN WIR DENN DA?!
POFF
HACH, HAB ICH DICH ERSCHRECKT?
JA, GENAU, ICH BIN'S, YUMI! ♥
DU HAST MICH NICHT ERKANNT, STIMMT'S?
KICHER

AN DEN HÄNDEN ERKENNT MAN DICH SOFORT.
TJA, SORRY, DASS ICH SO KRÄFTIGE HÄNDE HABE!
Y... YUMI...
SCHRILL
GRRR
OH MANN, DABEI WOLLTE ICH ZUM FEIERN HERKOM-MEN!
TAICHI...
ER IST...
... ECHT DER HAMMER...
HEY, SAG...
WIE VIELE LEUTE ARBEITEN HIER IN DER FIRMA? SIND ALLE IM GLEICHEN ALTER?

WIR BEIDE SIND GLEICHALTRIG, RYU IST EIN JAHR JÜNGER.
FESTE MITARBEITER SIND NUR WIR DREI.
WAS?! IHR ENTWICKELT ZU DRITT GAMES?!
DIE ENTWICKLUNG SELBST IST OUTGESOURCT.
WIR SCHAFFEN ES SO SCHON NUR MIT MÜHE.
SEIT WIR ZUSAMMEN IN DERSELBEN GEHÖRLOSENSCHULE WAREN, PRODUZIEREN WIR ZUM SPASS GAMES.
RYU HATTE DIE IDEE, DASS WIR EINE FIRMA GRÜNDEN.
WIR SIND DANN MIT EINGESTIEGEN.
ER IST GUT DARIN, ANDERE UM DEN FINGER ZU WICKELN.
SEINE GESCHÄFTSPLÄNE WAREN AUCH ALLE ECHT GUT!
UNGLAUBLICH, DIESER KAROTTENKOPF...
DA IST ER GENAUSO ALT WIE ICH UND KANN SO KRASSE SACHEN...
DA KONNTEN WIR GAR NICHT ANDERS!
...

WAS? WAS HAST DU EBEN GESAGT?
ÄH, GENAUSO ALT.
GLEICH-ALTRIG.
ACH, DU BIST GAR KEIN OBER-SCHÜLER?
N...NATÜR-LICH NICHT!
ALSO STUDENT?
NA JA, WAR ICH, ABER ICH HAB ABGE-BROCHEN.
JETZT ARBEITE ICH.
WARUM HAST DU DAS STUDIUM ABGEBRO-CHEN?
WAS?
ÄHM... WEIL...
WARUM FRAGT ER DAS DENN JETZT?
NA JA... ES GAB DA ETWAS, DAS ICH MACHEN WOLLTE...
WAS DENN?
ACH, NA JA, ES HAT EINFACH NICHT ZU MIR GEPASST!
UND ICH WAR ECHT ARM UND WOLLTE EINFACH SCHNELLST-MÖGLICH GELD VER-DIENEN!

?
WAS SAGT IHR DA...?
SCHRILL

RUMMS
ÄH...
WAS WAR DAS FÜR EIN KOMISCHES GERÄUSCH ...?
DER STUHL IST UMGEFAL-LEN?

TAICHI...

WIR GEHEN!
JETZT SOFORT!
RUMMS
WAS?! DU WILLST GEHEN...?!
WAS?!
FLAPP
HE, WARTE MAL!
WARTE, KOHEI!

GRMPF
SCHWUCK
HE, WAS HAST DU DENN?!
KOHEI!
HE...!
WHAMM
...
ZOOOM
LÄRM
WAS HAT ER GESAGT?
ÄH, WAS WAR DENN, IST WAS GEWESEN?
LÄRM

HE, IHR DA!
HABT IHR IRGENDWAS ZU SUGIHARA ODER ZU SEINEM FREUND GESAGT?!
ÄH, WAS? WER?
SAG MAL?!
DIE BEIDEN JUNGS EBEN!
WART IHR ES NICHT, DIE SIE VERTRIEBEN HABEN?!
NIEMAND RENNT DOCH EINFACH SO DAVON, WENN NICHTS GEWESEN IST!
??
Ähm...
ENTSCHULDIGUNG, ICH VERSTEHE NICHTS.
VERDAMMT... EINER VON DENEN, DIE SO TUN, ALS WÜRDEN SIE NICHTS VERSTEHEN, WENN ES FÜR SIE UNGÜNSTIG IST!
GRMPF
AH...
WUSCH
RYU...

FWOCK
TRAP
KOHEI...!
WARTE DOCH MAL!
TRAP
KOHEI!

ICH HAB KOHEI...
... NOCH NIE...
... SO WÜTEND GESEHEN!
KOHEI...!
KOHEI!!
ICH...
... HAB GESAGT, DU SOLLST WARTEN!
ZACK

HAH
HAH
WAS SOLL DENN DAS PLÖTZLICH?!
WAS IST DENN LOS?!
WARUM WIRST DU PLÖTZLICH SO SAUER?!
FWOOOOSH
HAT JEMAND VON DENEN WAS BLÖDES GESAGT?!
SAG!
KOHEI!
FWOSH
ES GIBT NICHTS ZU SAGEN.
HÄ?
WAS SAGST DU...?
IST SCHON OKAY.
FWOOOOSH

ES BETRIFFT NICHT DICH.
HÄ?!
WAS SOLL DAS DENN JETZT?!
WENN ES DICH BETRIFFT, DANN BETRIFFT ES SEHR WOHL AUCH MICH!
FWOOOOSH
SAG MAL...
WARUM REDEST DU DENN NICHT MIT MIR?!
ABER MIT ANDEREN REDEST DU ÜBER SO WICHTIGE SACHEN?!

WARUM NUR MIT MIR NICHT...?!
ICH HAB DAS GEFÜHL...
... ICH VERSTEHE KOHEI IMMER WENIGER...
ICH WILL DAS NICHT.
WEIL...
... ICH NICHT...

... WIE DU BIN.
HÄ...?
WEIL ICH, EGAL WIE SEHR ICH MICH ANSTRENGE ...
... NIE SO SEIN WERDE WIE DU, TAICHI.
FWOOOOSH
UND WEIL MIR DAS KLAR GEWORDEN IST...

FWOOOOSH
... WILL ICH NICHT, DASS ICH DIR EINE LAST BIN...
... ODER DU DICH UM MICH SORGEN MUSST...
FWOOOOSH
... ODER UMSTÄNDE MIT MIR HAST.
ALSO MACH DIR BITTE EINFACH KEINE GEDANKEN MEHR WEGEN MIR.
FWOOOOSH
EINE LAST...?
WAS MEINST DU DAMIT?
HEISST DAS...
... ICH SOLL NICHTS MEHR FÜR DICH TUN?
ICH SOLL EINFACH NUR ZUSEHEN, WAS DU ALLES ERTRAGEN MUSST?

WAS SOLL DER SCHEISS?!
WOZU...
... SIND WIR DANN ZUSAMMEN?!
WIESO BESTIMMST DU DAS EINFACH?!
WIESO IGNORIERST DU MEINE GEFÜHLE?!
FWOOOOSH
WAS SOLL DAS, VON WEGEN MIR EINE LAST SEIN?!

WENN DAS EINE LAST SEIN SOLL, DANN NUR ZU, DAS KANN ICH AB!!
WAS BIN ICH EIGENT-LICH FÜR DICH?!

TAI...
TRAP
!!
TAICHI!!
WART...
FWOOSH

FWOOOOSH
WA...
...RUM...

i hear
the
sunspot
limit

i hear the sunspot
limit

Kapitel 9

ES TUT MIR FURCHTBAR LEID!
WIR HABEN ES KOMPLETT VERGEIGT!
JETZT HÖREN SIE ABER AUF, SUZUKI-SAN!
ES IST JA NICHT IHRE SCHULD.
DOCH, DOCH!
ICH ÜBERNEHME DIE VERANTWORTUNG!
WÄRE ICH VORSICHTIGER GEWESEN...

ICH HÄTTE WIRK-LICH NICHT GEDACHT, DASS ER SO ETWAS SAGEN WÜRDE...
DÜRFTEN WIR IHREN SOHN VIELLEICHT DANN AUCH NOCH INTERVIEWEN?
JA, STIMMT.
ABER ICH WAR AUCH NICHT GERADE NETT IN MEINER ABSAGE.
VERSTEHE.
WENN DAS SO IST...
... IST DAS GESPRÄCH HIERMIT BEENDET.
VERSCHWIN-DEN SIE BITTE VON HIER, SOFORT.

SEUUUFZ
DAS WAR KINDISCH VON MIR.
WIRKLICH PEINLICH...
ABER NEIN, DAS IST DOCH LOGISCH!
WELCHE MUTTER WÜRDE NICHT WÜTEND WERDEN...
... WENN JEMAND PROFIT AUS DEM HANDI-CAP IHRES SOHNES SCHLAGEN WILL?!
DAS ALLEIN IST ES NICHT.
ES IST MEINE SCHULD, DASS ER SCHWER-HÖRIG IST...
ICH WÜSSTE NICHT, WIE ICH IHN DA UM SO ETWAS BITTEN KÖNNTE.

ABER... KOHEI HAT DIESE EIN-SCHRÄN-KUNG DOCH NICHT VON GEBURT AN...?
NEIN.
AUFGETRETEN IST DIE SCHWERHÖRIGKEIT GANZ PLÖTZLICH, VERMUTLICH WAR HOHES FIEBER DER AUSLÖSER.
ABER WÄRE ICH SCHNELLER MIT IHM INS KRANKENHAUS GEGANGEN...
... HÄTTE SEIN GEHÖR VIELLEICHT NICHT SO STARKEN SCHADEN GENOMMEN.
ICH HÄTTE WISSEN MÜSSEN, DASS ER GERNE ALLES HERUNTERSPIELT.

UND TROTZDEM HABE ICH ES NICHT GEMERKT...
SUGIHARA-SAN...
ACH, SAGEN SIE KOHEI BITTE NICHTS VON DER SACHE HEUTE.
WIE ICH IHN KENNE, SAGT ER SONST SOFORT, FÜR MICH WÜRDE ER ES TUN.
... DAS WAR MEIN VERSAGEN ALS MUTTER.
SO IST ER...
... NÄMLICH.
DING
DANG
DONG

LANDESWEITES JURA-EXAMEN
INFORMATION ÜBER DIE PRÜFUNGEN ZUM RECHTSBERATER
FÜR EXAMENSKANDIDATEN ZU BEACHTEN
RSCHL
AH!
SUGIHARA!
MAYA, DA IST SUGIHARA!
HM? WAS?
SUGIHARA! SCHAU, DA DRÜBEN!

AH... STIMMT.
WILLST DU NICHT HINGEHEN?
WAS?
KOMM SCHON. WENN DU IHN MAGST, SOLLTEST DU IHM DAS BALD MAL SAGEN!
WAS?!
WAS? SAG BLOSS, DU HAST ES IHM NOCH GAR NICHT GESAGT, MAYA?!
WAH
IHR SEID DOCH EH DAUERND ZUSAMMEN?
DAS SIEHT DOCH ALLES GUT AUS!
WAH
ÄH, WIESO? WAS SIEHT DENN GUT AUS?
SCHUBS SCHUBS
LOS, GEH SCHON ZU IHM!
WAH! HE...!
BEEIL DICH LIEBER, BEVOR EINE ANDERE IHN DIR WEGSCHNAPPT!
VIEL GLÜCK!
?
?
KRIEGT SIE DAS HIN?
HOFFENTLICH KLAPPT ES.
TJA, WER WEISS.
Hach!
ICH WILL AUCH EINEN GUT AUSSEHENDEN FREUND!
WAS? ABER...
... WENN EINER ZU GUT AUSSIEHT, IST DAS DOCH AUCH NICHTS.
JA, STIMMT ...

DANN FRAGT MAN SICH DAUERND, OB MAN GUT GENUG FÜR IHN IST.
JA, EBEN.
FWOOOOSH
SUGI-HARA!
TRAP
HEY...!
SUGI-HARA!
SUGI...

SCHLUCK
AH, MAYA...
FWOOOSH
WAS GIBT'S?
BRAUCHST DU WAS VON MIR?
ÄH... NEIN...
D...DAS NICHT, ABER...
ÄHM...

IST WAS PASSIERT?
FWOOOSH
SIEHT MAN ES MIR SCHON WIEDER AN?
WAS?
AH!
WIR HABEN UNS EIN WENIG GESTRITTEN.
SAG BLOSS, DIESER TROTTEL HAT WIEDER WAS ANGE-STELLT?!
Der kann was er-leben!
ÄH... NEIN, NEIN.
ICH HAB NUR MEINEM ÄRGER LUFT GEMACHT. SO IN DER ART...
... TAICHI KANN NICHTS DAFÜR, ICH HAB IHM GANZ SCHÖN WAS ZUGE-MUTET.

DAS WAR ALLES MEINE SCHULD.
FWOOOSH
AH... SORRY, DASS WIR SCHON WIEDER ÜBER SO WAS REDEN.
ICH WOLLTE DICH NICHT VOLLJAM-MERN.
WAS? ÄH, NEIN, NEIN!
DAS IST TOTAL OKAY FÜR MICH!
WENN DU WILLST, HÖR ICH MIR GERNE ALLES VON DIR AN, AUCH WENN ES GEJAM-MERE SEIN SOLLTE!
HAUPTSACHE, ES HILFT DIR EIN BISSCHEN!
ALSO, NUR ZU!

POFF
!
MIT MIR DAGEGEN...
DU BIST LIEB, MAYA.
TAICHI SOLLTE AUCH JEMANDEN WIE DICH AN SEINER SEITE HABEN, DANN WÄRE ER SICHER GLÜCKLICHER.
FWOOOSH
WAS...?
WAS HAST DU DA EBEN...

ENTSCHULDIGE.
ICH MUSS LOS.
FWOOOOSH
BIS DANN.
AH...!
SUGI...
SUGIHARA...

KLACK KLACK KLACK KLACK KLACK
OKAY, AUCH HEUTE WIEDER KEINE ÜBERSTUNDEN!
STEMPELN, STEMPELN!
DU SAGST DAS SO, ABER SELBER BLEIBST DU DOCH IMMER LÄNGER?!
LÄRM
HEUTE MACH ICH AUCH GLEICH FEI-ERABEND.
LÄRM
SCHÖNEN FEIER-ABEND!
MACHT ALLE FEIERABEND, HOPP, HOPP!
SAGAWA!
KLACK KLACK KLACK
SAGAWA?
SCHOCK
WAAAAH!

HAB ICH MICH ER-SCHRECKT!
AH HA HA, DU WARST JA ECHT VER-TIEFT IN DIE ARBEIT!
DU KANNST FÜR HEUTE SCHLUSS MACHEN!
SCHÖNEN FEIERABEND!
ÄH... JA!
SCHÖNEN FEIER-ABEND!
BIST DU FERTIG GEWOR-DEN?
AH, JA! ALLES FERTIG!
IST WAS PAS-SIERT...?
SCHLUCK
WAS?!
DU BIST HEUTE SO UNGE-WOHNT RUHIG.
NICHT NUR KONZENTRIERT, EHER SCHON FAST ROBO-TERHAFT.
AH... ÄH, NEIN! NICHTS!

I...ICH BIN NUR NERVÖS, WEIL DER NÄCHSTE WORKSHOP ANSTEHT!
HÄ?
I...ICH BIN DANN MAL WEG!
TRAP
AH, SAGAWA, DU GEHST?
GEHEN WIR ZUSAMMEN RUNTER?
ÄH, OKAY!
ACH JA, WEGEN SAMSTAG NEULICH...
RYU HATTE DOCH DIESE PARTY ZUR PRODUKTVORSTELLUNG...
WAREN DEIN FREUND UND DU EINGELADEN?
KRACKS
AUAAAA!!
WAAAAH
OJE, IST DIE TÜR NOCH GANZ?
...

OH MAAA-ANN!
DABEI WOLLTE ICH DAS DOCH VERGESSEN!
VERDAMMT...
WENN ICH NUR DARAN DENKE, KRIEG ICH SCHON WIEDER DIE KRISE...
GRUMMEL
GRUMMEL
GRUMMEL
DIESER VERDAMMTE KOHEI!
WIE KANN ER EINFACH ALLES NUR FÜR SICH ALLEIN BESTIMMEN?!
WEIL ICH NICHT WIE DU BIN.
WAS SOLL DAS HEISSEN, NICHT WIE ICH?!
UND DASS ER NIE SO SEIN WIRD WIE ICH?!
MUSS ER DOCH AUCH GAR NICHT?!
WAS SOLL DAS ALSO ALLES...?!
KICK

WIR KONNTEN VIEL BESSER REDEN...
... ALS WIR NOCH NUR KUMPELS WAREN.
ARRRGH!!
ICH DREH NOCH DURCH!
ICH MUSS JEMAN-DEN TRETEN, EGAL WEN!
ARRRGH
BIN ZU HAUSE!
WHAMM
AH, DA KOMMT ER GERADE.
DA BIST DU JA.
?
WER IST AM TELEFON, OPA?

ES IST TATSU-YOSHI.
ER FRAGT, OB DU BEIM FEST HELFEN KANNST, ER BRAUCHT NOCH LEUTE.
DU WEISST SCHON, DAS OBON-FEST AM SHINMEI-SCHREIN.
FRÜHER HAST DU DOCH DA OFT TAIKO GETROMMELT.
ICH HAB RÜCKEN-SCHMERZEN, ALSO WENN DU DAS MACHEN KÖNNTEST...
OH, SCHON WEG?
ZOOOM
WHOMM
WHOMM
WHO
WHOMM

WHOMM
WHOMM
WHOMM
WHOMM
WHOMM

DAS WAR DIE YOIMACHI-TROMMELGRUPPE, VIELEN DANK!
DIE NÄCHSTE VORFÜHRUNG FINDET IN 20 MINUTEN STATT...
KLATSCH KLATSCH
KLATSCH
KLATSCH
GUT GEMACHT, TAI!
DU HAST NICHTS VERLERNT TROTZ DER LANGEN PAUSE!
HE-HE, DER KÖRPER ERINNERT SICH EBEN!
SORRY, DASS ICH DICH SO KURZFRISTIG GEFRAGT HABE.
EINER VON DEN JUNGS IST KRANK GEWORDEN UND FÜR DIE TAIKO AUSGEFALLEN.
ÜBERHAUPT KEIN PROBLEM, ECHT NICHT! IM GEGENTEIL!
STRAAAAHL
ICH MUSSTE MICH EH MAL AUSPOWERN!
ICH WAR SO WAS VON DURCH DEN WIND!
OH, STRESS BEI DER ARBEIT?
DANN ÜBERNIMM DICH LIEBER NICHT, JA?
RUH DICH ERST MAL AUS, WIR SCHAFFEN DAS SCHON!
WAS? ABER ICH SAGTE DOCH, ICH MACH DAS GERNE...

...!
GRRR
SCHWUCK
NA, DU MUSST JA HUNGRIG SEIN!
ICH GEB DIR TRINK-GELD, HOL DIR WAS ZU ESSEN!
WUMM
JUHU! TATSU WAR ECHT SPEN-DABEL!
KLONK
KLONK
LECKER TAKOYAKI! TAKOYAKI!
EIN GLÜCK, DASS ES NICHT REGNET!
ABER ECHT, WENN WIR SCHON MAL YUKATA TRAGEN KÖNNEN!
LÄRM
LÄRM
STIMMT JA...
LÄRM
MIT KOHEI HATTE ICH DOCH AUCH GEPLANT, MAL AUF EIN FEST ZU GEHEN...

DANN WURDE NICHTS DRAUS, WEIL ES SO GESCHÜTTET HAT...
... UND ER IST KLITSCHNASS GEWORDEN BEIM WARTEN.
EINMAL TAKOYAKI, BITTE!
ZISSSCH
YO!
ZISSSSCH
AH HA HA HA
Was? Wo?

WHOMM
WHOMM
OB ER AUCH HIER IST?
ICH BIN EHRLICH GESAGT IMMER NOCH SAUER...
... ABER ES WÄRE VIEL SCHÖNER, WENN ER JETZT AUCH HIER WÄRE.
HIER, BITTE SEHR.
AH, DANKE!
AN: KOHEI SUGIHARA
BETREFF
SOLL ICH IHM SCHREI-BEN?
ABER WAS...
GYAH
TRAPPEL
DONK
!

WAH!
MEINE TAKO-YAKI!
AH!
KRACKS
ARRRGH!!

FLASH
MEIN HAAAA-ANDY!!
DAS KANN DOCH NICHT WAHR SEIN!
MIST, AUSGE-RECHNET JETZT...
... ALS ICH IHM SCHREIBEN WOLLTE!
TRIEF
HEY?
ICH DACHTE MIR DOCH, DAS GEBRÜLL KENNE ICH...
WAS MACHST DU DENN DA?
TAICHI!
HEY, LANGE NICHT GESEHEN!
Y...

YOKO!! YASU!!
UARGH!
RUMMS
WUÄÄH!
WAS HEULST DU DENN JETZT?!
ROTZ MICH NICHT VOLL!
WHOMM
WHOMM
WIESO SAGT IHR DENN NICHTS, WENN IHR SCHON DA SEID?!
ICH HAB BIS VORHIN TAIKO GETROMMELT, HABT IHR MICH NICHT GESEHEN?!
NÖ, WUSSTEN WIR NICHT.
SIND AUCH EBEN ERST GEKOMMEN.
WHOMM
WHOMM

HÄTTE ICH GEWUSST, DASS DU NUR MÄDELS ANBAGGERN WILLST, WÄRE ICH NICHT MIT-GEKOMMEN.
WIR SIND NICHT WEGEN DEM OBON-TANZ HIER, SONDERN UM HÜBSCHE MÄDELS IM YUKATA ZU CHECKEN!
IHR SEID IMMER NOCH DIE-SELBEN!
NA UND? WIR SIND SCHON IM ABSCHLUSS-JAHR AN DER UNI!
NÄCHSTES JAHR GEHT ES MIT DER JOBSUCHE LOS!
DA MUSS MAN DIE ZEIT NOCH NUTZEN, SICH ZU AMÜSIE-REN.
DU ÜBER-TREIBST ES ABER GEWALTIG, ECHT.
DAS IST DOCH NICHT NORMAL, DREI-MAL DIE WOCHE ZU DATING-PARTYS ZU GEHEN!
WOAH, ECHT JETZT?!
WAS SOLL DARAN NICHT NORMAL SEIN?!
UND WARUM HAST DU DANN IMMER NOCH KEINE FREUNDIN?
ZU HOHE ERWAR-TUNGEN VIEL-LEICHT?
MAMPF
MAMPF
ARGH! SEID STILL, SEID STILL!
DIE MÄDELS, IN DIE ICH MICH VER-KNALLE...
... STEHEN NIE AUF SO TYPEN WIE MICH.

WAR SCHON IMMER SO!
ABER ICH KANN DOCH AUCH NICHTS DRAN ÄNDERN, WELCHER TYP FRAU MIR GEFÄLLT!
SAG BLOSS, DU BIST IMMER NOCH NICHT ÜBER YAMAMOTO WEG?
ARGH! ICH HÖR DICH NICHT! ICH VERSTEH KEIN JAPANISCH!
STÖHN
VERDAMMT, WARUM KANN ICH NICHT AUCH SO GUT AUSSEHEN WIE SUGIHARA?!
DA FÄLLT MIR EIN, ICH HAB HEUTE MAYA AN DER UNI GESEHEN.
WAS? WER IST DAS?
SIE WAR IM SELBEN SEMINAR WIE SUGIHARA.
DIE ANDEREN MÄDELS HABEN MIT IHR GETUSCHELT, OB SIE SUGIHARA ENDLICH IHRE LIEBE GESTEHT, ODER SO WAS.
AH!
WAAAS?!

WAS ÜBERRASCHT DICH JETZT DARAN, TAICHI?
Ä...ÄH, NA JA, WEIL...!
MAYA IST IN KOHEI VERLIEBT?!
WIESO DENN NICHT? ICH HAB SIE NICHT GEFRAGT...
... ABER DIE BEIDEN SIND DOCH STÄNDIG ZUSAMMEN.
SCHEINT DOCH GUT ZU LAUFEN.
WAS WILLST DU MACHEN, YASU?
A...ALSO ICH...
D...DAS GEHT AUF KEINEN FALL!
WIESO DAS DENN?!
SCHWUCK
ÄH... NA JA, WEIL...!

NA JA, SCHON.
WER SO BEGEHRT IST, HAT NATÜRLICH FREIE AUSWAHL.
ICH MEINE, WIR WISSEN DOCH GAR NICHT, OB KOHEI SIE AUCH MAG?!
DA MUSS ER SICH JA NICHT NUR MIT EINER BEGNÜGEN.
SAG MAL, GEHT'S NOCH...?
Ich bin so neidisch!
WHOMM
WHOMM
ABER ...
... MAL ANGENOMMEN...
... DU KÄMST MIT MAYA ZUSAMMEN, YASU...
HÄ?!
NUR MAL ANGENOMMEN, YASU!
WAS SOLL DAS, WILLST DU MICH VERARSCHEN?!
Hör auf mit dem Scheiß!
OKAY, UND WEITER, TAICHI?

UND DU WÜRDEST EINEN JOB ANFANGEN...
... WEIL DU IHR DAMIT HELFEN KÖNNTEST...
... ABER WEGEN DES JOBS HÄTTEST DU KAUM MEHR ZEIT FÜR SIE...
UND MAYA WÜRDE DANN NUR NOCH MIT EINEM ANDEREN KERL REDEN...
... UND MIT DIR GAR NICHTS MEHR BESPRECHEN, WAS SIE BESCHÄFTIGT UND SO...
WAS WÜRDEST DU DANN MACHEN?
WHOMM
WIE, WAS ICH MACHEN WÜRDE?
WHOMM
JA, GENAU!
DU MEINST, WAS ICH TUN WÜRDE, DAMIT SIE MIT MIR REDET?
WHOMM
HEY, SOLL ICH DIR WAS SAGEN, TAICHI?
JA?!

IST DAS SZENARIO NICHT EIN BISSCHEN HEFTIG?
WHO WHOMM
HEFTIG...?!
W...WAS IST DENN DARAN HEFTIG?!
NA, EXTRA EINEN JOB ANZUNEH-MEN, UM IHR DAMIT ZU HELFEN.
OBWOHL SIE DICH GAR NICHT DARUM GEBETEN HAT?
WENN ICH MIR VORSTELLE, YASU ALS FILM-FREAK WÜRDE UNBEDINGT EINEN JOB IN DIE RICHTUNG MACHEN WOLLEN...
... UND OPFERT DANN SEINE ZUKUNFT NUR FÜR SIE...
... DANN HÄTTE ICH AN MAYAS STELLE ECHT EIN SCHLECHTES GEWISSEN!

UND MAL ANGENOMMEN, YASU WÄRE VÖLLIG K.O. VON DEM JOB UND JAMMERT DANN DARÜBER...
DA WÜRDE ICH JEDES MAL DENKEN...
... »DAS IST ALLES MEINE SCHULD«!
Uäh, es ist so ätzend! Immer muss ich dies und das...
Und alles mach ich falsch...
Das trifft ja voll ins Schwarze!!
O...OH NEIN!!
SAG BLOSS, DU HAST EINE FREUNDIN?
Q...Q... QUATSCH!
DAS IST ABER EINE VERDÄCHTIGE REAKTION!
ABER SAG MAL, WAS SOLL DAS PLÖTZLICH?
WENN DU MICH FRAGST...
DA KANN MAN GAR NICHTS MACHEN.

ICH MEINE, WENN ES IHR LEICHTER FÄLLT, MIT JEMANDEM ZU REDEN, DER IN DER GLEICHEN LAGE WIE SIE IST...
... UND ES UM IHR HANDICAP GEHT...
... DANN KÖNNTE ICH DA EINFACH NICHT MIT-REDEN.
ICH KÖNNTE ALSO GAR NICHTS MACH...
WARUM NICHT?!
RUMMS
HAT MAYA DAS SO ZU DIR GESAGT?!
W...WAS REGST DU DICH DENN SO AUF?!
DAS IST DOCH NUR EIN THEO-RETISCHES SETTING, SAGTEST DU...!
DASS DU EH NICHTS MACHEN KANNST?!
WIESO BESTIMMT SIE DAS EINFACH?!
UND DU, YASU?!

WÄRE ES NICHT SCHLIMM FÜR DICH, WENN MAYA SO DENKEN WÜRDE?!
ICH WILL DAS ABER NICHT!!
NUR WEIL SIE NICHT HÖREN KANN, WÄRE HALT NICHTS ZU MACHEN, WENN SIE SICH VON DIR ENT-FERNT?!
DANN WÜR-DEST DU AUFGEBEN, WEIL HALT NICHTS ZU MACHEN IST?!
ICH WILL DAS AUF KEINEN FALL!!

ZACK
HEY, TAICHI, WAS...
GLUCK
PUHA
PLUMPS
TAICHI?!
PUHA
UAH...
DEN HAT'S EINFACH UMGE-HAUEN ...
WIE WENIG ALKOHOL KANN MAN VERTRA-GEN?!
OH MANN, EIN CHAOT WIE EH UND JE.
DER HAT SICH AUCH KEIN BISSCHEN GEÄNDERT.
CHRRR

ABER IRGEND-WIE...
... WILL MAN GAR NICHT, DASS ER JE ANDERS WIRD, ODER?
JA, STIMMT...
WEIL, WENN ICH AUFGEBE...
... DANN HABE ICH DOCH GAR KEINEN ZUGANG MEHR ZU DIR.

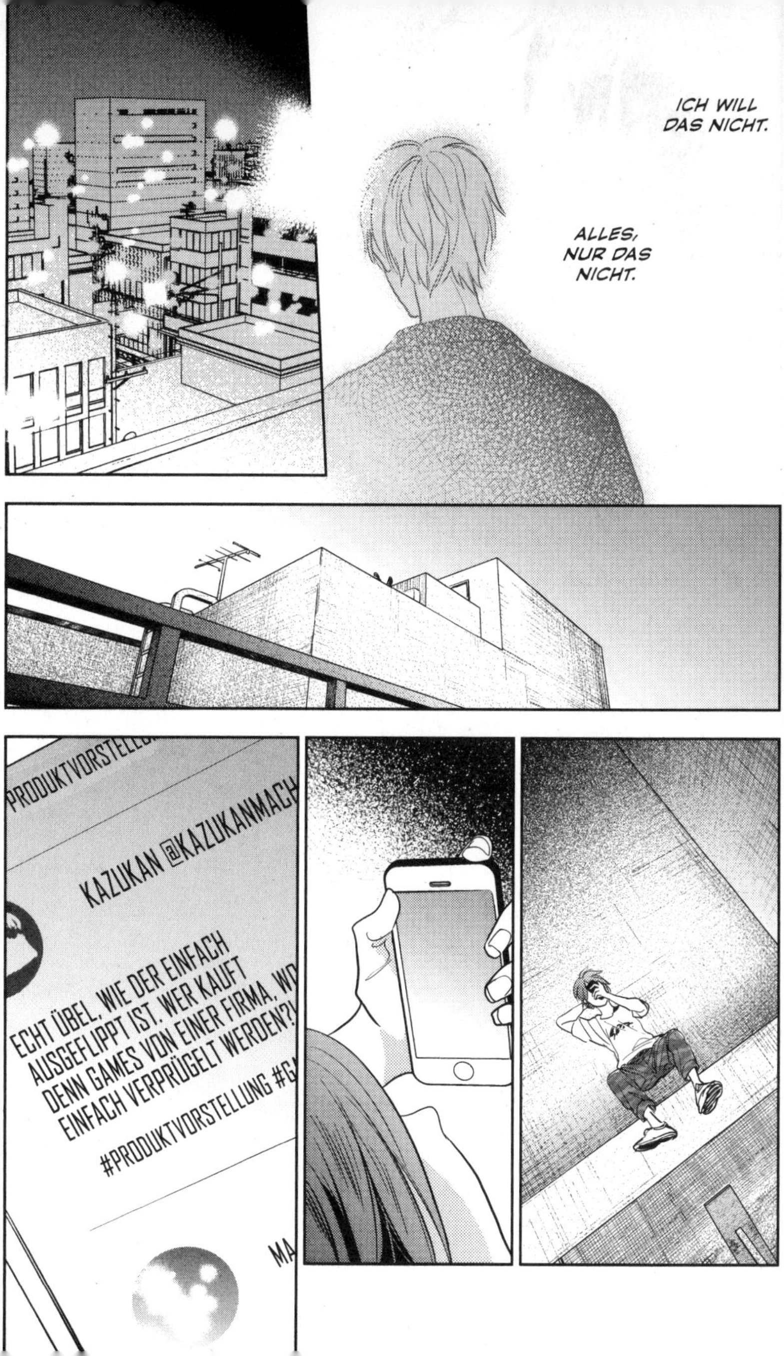
ICH WILL
DAS NICHT.
ALLES,
NUR DAS
NICHT.
PRODUKTVORSTELL
KAZUKAN @KAZUKANMACH
ECHT ÜBEL, WIE DER EINFACH
AUSGEFLIPPT IST. WER KAUFT
DENN GAMES VON EINER FIRMA, WO
EINFACH VERPRÜGELT WERDEN?!
#PRODUKTVORSTELLUNG #G
MA

ICH WILL
DIR DOCH SO
NAHE SEIN,
WIE IRGEND
MÖGLICH.

i hear
the
sunspot
limit

i hear the sunspot
limit

Kapitel 10

KLAPPER
RATTER
WO STECKST DU DENN, RYU?!
KLAPPER
WIR HABEN LÄNGST ANGEFAN-GEN ZU ARBEITEN!
RATTER
WARUM IGNORIERST DU UNSERE NACHRICH-TEN?!
KLAPPER
KLAPPER
WO BIST DU JETZT?!
RATTER

KLAPPER
ICH BIN IM ZUG.
HAB MEIN HANDY VERLEGT.
HÄ?!
WAS MACHST DU DENN, VERDAMMT?!
EGAL, KOMM SCHLEUNIGST HER!
RATTER
KLAPPER
ZUM GLÜCK HAT DER KOMMENTAR ONLINE NICHT WEITERE KREISE GEZOGEN.
ABER WENN ER DAS AN DIE GROSSE GLOCKE HÄNGT, HABEN WIR EIN PROBLEM MIT DEM VERTRAUEN DER KUNDEN!
WIR HABEN DAS AUF UNTERNEHMENSEBENE IRGENDWIE HINBEKOMMEN...
... ABER WIR SOLLTEN UNS SCHNELL NOCH MAL BEI DENEN ENTSCHULDIGEN.
UND DU MUSST NATÜRLICH DABEI SEIN!
WUSCH
KEINEN BOCK.
?!
KAPIERST DU EIGENTLICH, WO DU STEHST?!
DAS NERVT.
ALSO HÖR MAL?!

LASS
JETZT D
BLÖDS
WHAMM
KLAPPER
OH...
DAS WAR'S?
RATTER
KICHER
KICHER KICHER
RATTER
OCH, SCHADE, LANG-WEILIG!
KLAPPER
ICH HÄTTE GERNE NOCH LÄNGER ZUGE-GUCKT!
AHAHAHA
ZU KOMISCH!
RATTER

ER BEHAUPTET, ER HAT WEGEN GELDMANGELS DIE UNI ABGEBROCHEN.
DAS IST DOCH NUR EINE AUSREDE, WEIL ER ES NICHT CHECKT, ODER?
SIEHT MAN DOCH SOFORT, DASS DER DUMM IM KOPF IST.
KEINE PANIK, DER KAPIERT EH NICHT, WAS WIR REDEN.

KLAPPER
NA, SO WAS?
KLAPPER
RYU?
RATTER
DAS IST JA EINE ÜBERRA-SCHUNG...
RATTER
... DASS DU IM SEL-BEN ZUG SITZT!
AH, DU BIST ES WIRKLICH!
RATTER

ICH WOLLTE EBEN IN DEINE FIRMA KOMMEN!
RATTER
ICH DACHTE, DU BIST BESTIMMT LÄNGST DORT.
HEY!
WAS IST DAS DENN FÜR EIN SÜSSER?
KLAPPER
ABER ECHT!
DER SIEHT JA MEGA AUS!
RATTER
KLAPPER
ÄHM...
WOLLT IHR MIR IRGEND-WAS SAGEN ...?
!
RATTER
N...NEIN, NEIN, NICHTS!
ENT-SCHULDI-GUNG...
?
FWOOOO

POFF
IST DAS DENN OKAY...
... DASS DU NICHT IN DIE FIRMA GEHST, RYU?
POFF
KEIN PRO-BLEM.
WÄRE NUR NERVIG, WENN ICH JETZT HIN-GEHE, ALSO SCHLAG ICH LIEBER ZEIT TOT.
NERVIG...?
EGAL.
WIESO WOLLTEST DU DENN HIN?
ICH WOLLTE MICH WEGEN DER SACHE NEULICH ENT-SCHULDIGEN ...

WEIL ICH VON DEM EVENT FÜR DIE PRODUKTVORSTELLUNG ...
... EINFACH ABGEHAUEN BIN.
ICH HAB, GLAUB ICH, ZIEMLICH DIE STIMMUNG VERSAUT.
TUT MIR ECHT LEID, DU HATTEST MICH DOCH EXTRA EINGELADEN...
WIESO ENTSCHULDIGST DU DICH?
ICH WEISS DOCH, DASS SIE SICH ÜBER IHN LUSTIG GEMACHT HABEN, WEIL SIE DACHTEN, ER KAPIERT ES NICHT.
DER FEHLER LIEGT DOCH BEI DENEN.

DAS IST SO BESCHEUERT.
DABEI GEHT ES IHNEN GENAUSO, WENN SIE IN DER MINDERHEIT SIND.
ABER SOBALD DIE VERHÄLTNISSE UMGEKEHRT SIND, DENKEN DIESE IDIOTEN, SIE HABEN DIE MACHT.
KAUM SIND SIE IN DER ÜBERZAHL, DENKEN SIE, SIE SIND IM RECHT, UND MERKEN GAR NICHT, DASS DAS DIESELBE ART VON DISKRIMINIERUNG IST.
DAS IST SO MIES.
JA, STIMMT.

FWOOOO
WUSCH
WUSCH
?
WAS?
TAICHI?
DU HAST ES IHM NICHT GESAGT?
WAS SIE ÜBER IHN GEREDET HABEN?
ER FRAGT SICH DOCH BESTIMMT, WAS DAS SOLLTE?! WARUM SAGST DU ES IHM NICHT?
SOLL ICH ES IHM ERZÄHLEN?
NEIN!!
ZACK

DAS WÜRDE IHN VERLETZEN, ICH WILL DAS NICHT!
SAG ES IHM BLOSS NICHT!
KUWUUR
OH...

T...
TUT MIR LEID!
WHUPP
HAB ICH DIR WEHGE-TAN?!
ENT-SCHUL-DIGE...
ICH BIN...
... DOCH ECHT UNMÖG-LICH...
FWOOO
IST ER DERJE-NIGE, VON DEM DU NEULICH GESPROCHEN HAST, DER DAS GENAUE GEGENTEIL VON DIR IST?

UND DU WILLST SO WERDEN WIE ER?
FWOOO
WARUM DENKST DU DAS?
HASST DU ES SO SEHR, WIE DU JETZT BIST?
WARUM?
WEIL DU SCHWER-HÖRIG BIST?

DU WÄRST ALSO ECHT LIEBER EINER VON DEN HÖRENDEN?
FÜR TAICHI ...
... SIND ALLE GLEICH, ER...
... MACHT DA KEINEN UNTER-SCHIED.
ER SIEHT EINFACH NUR DEN MENSCHEN VOR SICH.
FWOOO

ER MACHT KEINEN UNTERSCHIED ZWISCHEN MENSCHEN...
... DIE HÖREN KÖNNEN, UND GEHÖRLOSEN.
GRRROLL
TAICHI HAT DA EINFACH NULL VORURTEILE...
... ER KANN MIT JEDEM GUT.
UND WENN ICH IHM SO ZUSEHE...
... FRAGE ICH MICH, WARUM ICH NICHT AUCH NETTER MIT MEINEN MITMENSCHEN UMGEHEN KANN.
ABER DAS IST EINE ILLUSION.

IMMER, WENN ICH JEMANDEM ERZÄHLE, DASS ICH SCHWERHÖRIG BIN, HABE ICH DAS GEFÜHL, ICH MACHE MICH DAMIT SCHWÄCHER.
UND DENKE DANN, HIER GEHÖRE ICH NICHT HIN.
WEIL ICH SELBST NÄMLICH DIE GEHÖRLOSEN AUS VOLLER ÜBERZEUGUNG DISKRIMINIERT HABE.
DAS IST MIES, STIMMT'S?
HÄTTE ICH KEIN HÖRPROBLEM...
... WÄRE ICH BESTIMMT GENAUSO WIE DIE.

DANN WÄRE ICH VIELLEICHT DERJENIGE GEWESEN, DER TAICHI WEHGE-TAN HÄTTE.
VIEL SCHLIM-MER, ALS NICHT ZU HÖREN...
... FINDE ICH ES, JEMANDEN ZU VERLETZEN, DER MIR...
... SO VIEL BEDEUTET!

DIR GEHT ES DOCH GENAUSO, ODER?
DESHALB BIST DU VOR CHIBA WEG-GELAUFEN, STIMMT'S?
HÄ?
ALS WIR CHIBA NEULICH GETROFFEN HABEN...
... WAR ICH ÜBERRASCHT, WIE GUT ER DIE GEBÄR-DENSPRACHE BEHERRSCHT.

DASS ER SO MAKEL-LOS DARIN KOMMUNIZIEREN KANN...
... LIEGT DOCH SICHER DARAN, DASS ER ÜBER LANGE ZEIT ÜBUNG DARIN HAT...
... UND DAS HEISST DOCH...
... ER WAR IMMER AN DEINER SEITE, ODER?
RYU?
VERSTEHST DU...
... WAS ICH SAGE?

ALS DU DAS NEULICH GESAGT HAST, RYU...
DASS DIR MEINE... FREUNDIN LEIDTUT...
PLITSCH
PLITSCH
... WEIL SIE IMMER AUF MICH RÜCKSICHT NEHMEN MUSS.
DA HAST DU EIGENT-LICH VON DIR SELBST GESPROCHEN, STIMMT'S?
PLITSCH
PLITSCH
PLITSCH
PLITSCH

DU WILLST NICHT, DASS CHIBA AUF DICH RÜCKSICHT NIMMT ...
... DU WILLST, DASS ER SEIN EIGENES LEBEN LEBEN KANN...
... DESHALB VERSUCHST DU, IHN AUF DISTANZ ZU HALTEN, WO IMMER ES GEHT, ODER?
DESHALB DENKST DU, ES WÄRE DAS BESTE, DU VERSCHWINDEST GANZ AUS DER WELT DER HÖRENDEN...

PRASSEL
PRASSEL

WAS FÜR EIN WOLKENBRUCH..
PRASSEL
DAS KAM JA PLÖTZLICH!
HOFFENTLICH KOMMT CHIBA TROCKEN ZURÜCK!
Tagesplan
Kundenbes
Kobayashi
15:00
Chiba
Außen
PRASSEL
ER SAGTE, ER WILL HEUTE EINEN PROBELAUF FÜR DAS PROGRAMM DES ZUSATZLEHRPLANS MACHEN...
... ABER DAS WIRD WOHL NICHTS.
SAGAWA?
HIER, DAS SIND DIE SACHEN FÜR DEN NÄCHSTEN WORKSHOP!
WAH!
WHUMM
WAS IST DAS ALLES?
DA SIND HÖRGERÄTE DRIN.
ICH HAB SIE VON DER FIRMA EINES BEKANNTEN GELIEHEN.

WAHNSINN, WIE VIELE VERSCHIE-DENE ES GIBT!
JA, WEIL ES ABHÄNGIG DAVON IST, WIE VIEL MAN HÖREN KANN UND WAS GENAU MAN VERBESSERN WILL.
AHA...
AH... SO EINS BENUTZT KOHEI...
WILLST DU ES MAL PRO-BIEREN?
WAS?
DARF ICH?
OKAY, DANN...
WHAMM
WHAMM
KRCHZ
KRCHZ
SURR
SURR
SURR
KRIEK
KRCHZ
KRCHZ
FWOSH
KRCHZ
?!
IST DAS LAUT!!
ARRRGH
AH HA HA!
SO IST DAS, WENN MAN DAS ALS NORMALHÖ-RENDER AUFSETZT!

ES IST IM GRUNDE EIN PARABOL-REFLEKTOR.
MAN KANN DARAN JUSTIEREN, SO VIEL MAN WILL, ES FILTERT NICHT DIE DINGE HERAUS, DIE MAN HÖREN WILL.
MAN MUSS SELBST DIE FÜR EINEN WICHTIGEN INFORMATIONEN HERAUSHÖREN.
DAMIT...
... HÖRT ER ALSO IMMER, WENN ER MIT MIR SPRICHT.
DESHALB IST DAS HÖREN AUCH MIT HÖRGERÄT ANDERS ALS BEI NORMALHÖRENDEN.
ABER DIE MEISTEN MENSCHEN DENKEN DAS.
MEINE FRÜHERE FREUNDIN HAT SICH OFT DARÜBER AUFGEREGT.
WEIL ANDERE NIE VERSTANDEN HABEN, WARUM SIE DENN NICHTS HÖRT, WENN SIE DOCH EIN HÖRGERÄT TRÄGT.

CAUTION!
WAR DAS DIE...
... VON DER DU SCHON MAL ERZÄHLT HAST, DIE GEHÖRLOS WAR?
JA, GENAU, DAS HAST DU DIR GUT GEMERKT!
HABEN SIE SIE DENN JETZT...
... IMMER NOCH G... GERN, CHEF?
WAS? ÄHM...
WIE PEINLICH, WIRKE ICH DENN SO, ALS WÄRE ICH NICHT DRÜBER WEG?
ÄH, NEIN, DAS MEINE ICH NICHT!
ER HATTE NUR EBEN SO EINEN WAHNSINNIG LIEBEVOL-LEN BLICK DRAUF...
DAS IST JETZT SCHON FAST ZWANZIG JAHRE HER...

WIR HABEN UNS NICHT GETRENNT, WEIL WIR UNS NICHT MEHR GEMOCHT HÄTTEN ODER SO.
NACH DER UNI HAT SIE IN EINER ANDEREN FIRMA EINEN JOB ANGEFANGEN ALS ICH...
... UND DORT HATTE MAN GERADE ERST DAMIT ANGEFANGEN, LEUTE MIT HANDICAP EINZUSTELLEN.
UNTER DEN MITARBEITERN WAR NOCH WENIG VERSTÄNDNIS DAFÜR VORHANDEN.
SIE HAT SICH DEN UNMUT DER KOLLEGEN ZUGEZOGEN, WEIL SIE BEI MEETINGS NICHT PROTOKOLL FÜHREN...
... ODER DEN TELEFONDIENST ÜBERNEHMEN KONNTE...
UND AUCH WENN SIE IHNEN VON IHRER EINSCHRÄNKUNG ERZÄHLTE, SAGTEN DIE NUR, SIE MÜSSE SICH EINFACH MEHR ANSTRENGEN.
WAS...?!
ALS OB EIN GEHÖRLOSER DURCH MEHR ANSTRENGUNG PLÖTZLICH HÖREN KÖNNTE?!
Was soll der Scheiß?!
TJA, DA HAST DU NATÜRLICH RECHT.
WAS IHR WÄHREND DES STUDIUMS GEHOLFEN HATTE, NÜTZTE IHR IM BERUFSLEBEN JETZT NICHTS MEHR...
... DIESE GANZEN IRRATIONALEN REAKTIONEN AUF SIE HABEN IHR IMMER MEHR ZUGESETZT.

UND ICH KONNTE GAR NICHTS FÜR SIE TUN...
DA WOLLTE ICH IHR DANN WENIGSTENS IN DER ZEIT, DIE WIR MITEINANDER VERBRACHTEN, ALLES ABNEHMEN.
ABER DAS GING NACH HINTEN LOS.
IM RÜCKBLICK DENKE ICH...
... SIE WOLLTE MIT MIR AUF AUGENHÖHE SEIN.
SIE HATTE IMMER EIN SCHLECHTES GEWISSEN, WENN ICH ETWAS FÜR SIE TUN WOLLTE...
... UND EGAL WIE SEHR ICH VERSUCHT HABE, IHR DAS AUSZUREDEN...
... SIE WURDE IMMER VERBITTERTER.
PRASSEL

UND DANN FING AUCH ICH AN...
... ZU GLAUBEN, MEINE ANWESENHEIT WÜRDE SIE NUR UNTER DRUCK SETZEN...
PLATSCH
... UND ES WÄRE BESSER FÜR SIE, WENN ICH NICHT BEI IHR WÄRE.
DANACH HAT SIE IHREN JOB GEKÜNDIGT...
... UND SOWEIT ICH ÜBER DRITTE GEHÖRT HABE, HAT SIE IN EINER EINRICHTUNG ZU ARBEITEN BEGONNEN.
ICH WEISS NICHT, OB DIE ENTSCHEIDUNG DAMALS RICHTIG WAR...
... ABER ALS LETZTES HAT SIE MIR NOCH GESAGT...
... »MIT EINER BEHINDERUNG ZU LEBEN BEDEUTET...
... DASS MAN SICH AN EINSAMKEIT GEWÖHNEN MUSS«.

PRASSEL
ICH BEREUE ES HEUTE NOCH, DASS ICH SIE IN DIE LAGE GEBRACHT HABE...
... MIR DIESEN SATZ SAGEN ZU MÜSSEN.
ICH BIN DANN MAL WEG!
SCHÖNEN FEIER-ABEND!
DASS MAN SICH AN EINSAMKEIT GEWÖHNEN MUSS...
OB KOHEI AUCH SO DENKT?
ICH WILL ABER NICHT...
... DASS ER SICH DARAN GEWÖHNT!

WIE STELL ICH ES NUR AN...
... DASS ER VERSTEHT: ICH BIN FÜR IHN DA...?
UND ÜBERHAUPT...
WENN IN WIRKLICHKEIT ICH AN ALLEM SCHULD BIN...
»DANN HÄTTE ICH ECHT EIN SCHLECHTES GEWISSEN!«
... UND IHN MEIN GEJAMMERE SO BELASTET?!
AAAH
DAS WÄRE ECHT ÜBEL...
KLAPP
BIN WIEDER DA!
OH, CHIBA!
DU KOMMST ABER SPÄT!
JA, DAS MEETING HAT LÄNGER GEDAUERT.
UND DANN WAR WEGEN DES REGENS AUCH NOCH STAU.
OJE, NA, DU BIST BESTIMMT K.O.!
ENAMI HAT DIR EINE KLEINIGKEIT IN DEN KÜHLSCHRANK GELEGT!

BIN DANN WEG!
AH... CHIBA-SAN...
WAS IST LOS, SAGAWA?
GEHST DU NICHT?
WENN DU SCHLAFEN WILLST, DANN AB NACH HAUSE.
DER REGEN IST ÜB...
GRRRUMM
...
DU HAST ECHT IMMER HUNGER, HM?
WHUPP
HIER, ISS DAS.
SAHNE DAIFUKU
WAS? ABER DAS KANN ICH NICHT ANNEH-MEN...
ICH MAG KEINE SAHNE, ISS RUHIG.
ECHT JETZT?!

MH...
MMMH!
FLUUUP
DU...
... WARST BEI DEM EVENT VON RYUS FIRMA, STIMMT DAS?
WAS?!
TENDO HAT NEULICH SO WAS GESAGT.
AH...
ÄH, JA, EIGENT-LICH WAR ES KOHEI, DEN ER EINGE-LADEN HATTE...
... ICH BIN EINFACH MITGE-KOMMEN.
ER IST ECHT DER HAMMER...
BRÜLL
DER KAROT-TENKOPF!

ICH KENN MICH MIT GAMES BISHER NICHT SO AUS, ABER DAS HAT VOLL SPASS GEMACHT!
WENN MAN SO WAS ENTWICKELN KANN, IST MAN DOCH EIN GENIE!
ICH HAB ECHT RESPEKT VOR IHM, OBWOHL ER NICHT ÄLTER IST ALS ICH!
ER IST SO COOL!
ACH JA...?

HÄ? HAT ER EBEN GELÄCHELT?!
ODER HALLUZINIERE ICH?!
WAS SOLL DIESE REAKTION?!
WUSCH
PRASSEL
PRASSEL
BEI DEM REGEN MUSS ICH DAS FAHRRAD WOHL STEHEN LASSEN.
DANN NEHME ICH DEN ZUG...
FWUPP
HM?
PRASSEL
ACH, SAGEN SIE MAL, WIE LANGE BEHERRSCHEN SIE DIE GEBÄRDENSPRACHE SCHON, CHIBA-SAN?

HM? WAS SOLL DAS JETZT PLÖTZLICH?
ÄH, NA JA, KOHEI MEINTE, ES WÄRE ECHT KRASS...
... WIE GUT SIE DARIN SIND.
SUGIHARA HAT DAS GESAGT?
DANN HAT KAROTTENKOPF SIE IHNEN BEIGEBRACHT?
...
UMGEKEHRT.
URSPRÜNGLICH HABE ICH IHM GEBÄRDENSPRACHE BEIGEBRACHT.
NACHDEM ICH ERFAHREN HATTE, DASS ER VON GEBURT AN TAUB IST...
... HAB ICH BÜCHER GELESEN UND DIE GEBÄRDENSPRACHE AUTODIDAKTISCH GELERNT...
... AUCH WENN ER MICH SCHNELL ÜBERHOLT HAT.

SIE FÜHLEN SICH ALS GROSSER BRUDER RICHTIG VERANTWORTLICH FÜR IHN, HM?
WAS?
ICH HAB GEHÖRT, HIER ANGEFANGEN HABEN SIE AUCH WEGEN KAROTTENKOPF.
WER HAT DIR DAS DENN ERZÄHLT?
NA, TENDO!
ECHT, WAS BILDET DER SICH EIN...
DONK
AH! DIE WANGEN WERDEN ROT...!
GAR NICHT!
ABER SCHON TOLL, WENN MAN EINEN BRUDER HAT!
ICH BIN EINZELKIND, DESHALB BENEIDE ICH DAS IMMER!
SO BENEIDENSWERT IST DAS NICHT.

MAN KANN SICH NOCH SO SEHR ALS GROSSER BRUDER VERHALTEN...
... WENN MAN SO WIE ICH NUR ALS NERVENSÄGE EMPFUNDEN UND GEMIEDEN WIRD, HAT MAN AUCH NICHTS DAVON.
WAS? ABER...
... ICH HATTE NICHT DEN EINDRUCK, DASS DER KAROTTENKOPF SIE HASST.
ICH MEINE, ER HAT GESAGT, ICH SOLL AUFPASSEN...
... ALS WIR IM DUNKELN DIE STUFEN RUNTER SIND...
UND OBWOHL ICH GAR NICHT EINGELADEN WAR, DURFTE ICH MIT AUF SEINEN EVENT.
WÜRDE ER SIE WIRKLICH NICHT AUSSTEHEN KÖNNEN...
... WÜRDE ER DOCH MIT MIR ALS IHREM AUSZUBILDENDEN AUCH NICHTS ZU TUN HABEN WOLLEN.

DESHALB DENKE ICH, ES HAT EINEN ANDEREN GRUND...
... WARUM ER IHNEN AUS DEM WEG GEHT...
NA, WENN ICH RECHT ÜBER-LEGE!
ICH HÄTTE AUCH ANGST VOR IHNEN, WENN SIE MEIN GROSSER BRUDER WÄREN!
ZOSCH
SOLCHE KOM-MENTARE, OBWOHL DU MEINE DAIFUKU ISST...
KNARR
AUA! SORRY, SORRY!
NICHT SCHON WIEDER EINEN AUF DEN DETZ!!
TAICHI...

CAUTION!!
KO...
...HEI ...?
ÄH, WIESO...
ER IST MIR UNTEN ÜBER DEN WEG GELAUFEN!
FWUPP
TENDO?!
ER MEINTE, ER WILL ZU DIR, DA HAB ICH IHN RAUF-GEBRACHT.
ICH WOLLTE IHN NICHT DRAUSSEN STEHEN LASSEN.
TAICHI ...
... KOMMST DU MAL KURZ?
ÄH...
O... OKAY...

SAGAWA SCHEINT ES AUCH MANCHMAL NICHT LEICHT ZU HABEN...
WHAMM
VON WEGEN, ICH HÄTTE WEGEN RYU HIER ANGEFANGEN!
WER... ICH...?
SAG MAL, WAS ERZÄHLST DU IHM EIGENTLICH FÜR BLÖDSINN?
IST ES NICHT SO?
HÖR DOCH AUF, DAS SO HOCHZUHÄNGEN.
DAS HAT VIEL SIMPLERE GRÜNDE.

KOHEI!
WAS MACHST DU HIER?!
IST WAS PASSIERT?!
TUT MIR LEID...
... UND ZU HAUSE WARST DU AUCH NICHT...
AH... SORRY, MEIN HANDY IST KAPUTTGEGANGEN!
... DASS ICH HIER SO REINPLATZE...
DU HAST NICHT AUF MEINE NACHRICHTEN GEANTWORTET...
PLITSCH
PLITSCH
ABER SAG MAL, DU BIST JA KLITSCHNASS!
WARTE, ICH HOL DIR SCHNELL EIN HANDTUCH!
TRAP
AH... NEIN, SCHON GUT...
TAICHI...!

GEH NICHT.
BLEIB HIER.

...!
KO...
SEINE HÄNDE...
... SIND SO...
... WAHN-SINNIG KALT...
ES TUT MIR LEID.
WAS?!
WEGEN NEULICH.
DA HATTEN WIR UNS SCHON MAL VERABRE-DET...
... UND DANN MUSSTE ES SO ENDEN.
TUT MIR LEID.

JETZT BIST DU AUCH GANZ NASS.
OH...
JA, SORRY.
DU ERKÄL-TEST DICH DOCH...
ABER SAG MAL, IST WIRKLICH ALLES OKAY?!
ÄH... NEIN...
E...ES WAR AUCH MEIN FEH-LER...
QUATSCH, DARUM GEHT'S DOCH NICHT...!

TAICHI...
ICH...

... GLAUBE,
ES IST BESSER,
WENN WIR UNS
ERST MAL NICHT
MEHR SEHEN.
WAS...?

IMMER... WENN ES UM DICH GEHT...
... GERATE ICH SO AUS DER FAS- SUNG...
WAS?
ICH MUSS MAL ZU MIR KOM- MEN.
WAS?
WAS...
... SOLL DAS JETZT...
SAGAWA?
KLAPPER
AH, DA SEID IHR!
T... TENDO?!
ENTSCHUL- DIGT, DASS ICH STÖRE.

WAS ...?
ES REG-NET IMMER NOCH SO EXTREM, DESHALB...
... SAGT CHIBA, ER FÄHRT UNS MIT DEM AUTO HEIM.
DIE ZÜGE SIND WOHL AUCH ALLE VERSPÄTET.
NEIN, DANKE.
ICH FAHRE MIT DEM TAXI.
DAS IST ECHT KEIN PROBLEM?
NEIN, NEIN, IST SCHON OKAY, WIRKLICH.
TAP
K...
KOHEI!
WART...

ES TUT MIR LEID.
OKAY, DANN EBEN NUR DU...
SAGAWA ...?
TAP
TAP
TAP

IST ALLES OKAY?
PRASSEL

i hear
the
sunspot
limit

i hear the sunspot
limit

Erstes Jahr an der Uni, Winter

* die Mochi in der traditionellen Neujahrssuppe

ALSO, DANN NOCH MAL...
... EIN GUTES NEUES JAHR!
Und guten Appetit!
GUTEN APPETIT...
OH MANN, JEDES JAHR DENKE ICH, ICH LASS DAS DIESMAL MIT DEM NEUJAHRSESSEN, UND DANN MACH ICH ES DOCH WIEDER.
ZU ZWEIT KANN MAN DAS NIE ALLES AUFESSEN!
NÄCHSTES JAHR WILL ICH ABER WIRKLICH MAL ZU DRITT FEIERN!
DAS WÄRE DOCH SCHÖN, KOU!
SCHLÜRF
MH...?
WAS...
NÄCHSTES JAHR!
WOLLEN WIR DA NICHT MAL BEI PAPA FEIERN?

ER IST EH SCHON TRAURIG, DASS DU NICHT MAL SEINE NACHRICHTEN BEANTWORTEST.
ACH...
Ich antworte schon mal.
ABER WIESO REDEN WIR SCHON ÜBER NÄCHSTES JAHR?
WIESO NICHT? JE FRÜHER, DESTO BESSER.
DA BIN ICH RAUS.
ICH MAG NICHT SO LANGE IM FLUGZEUG SITZEN.
MAMPF
MAMPF
AH... DU KRIEGST DANN IMMER PROBLEME MIT DEM GLEICHGEWICHTSORGAN, JA...
FLIEG DU DOCH ALLEINE HIN?
GRUMMEL
GRUMMEL
ICH WILL ABER ALS FAMILIE ZU DRITT DAS FEUERWERK GUCKEN!
DAS NERVT...
ACH JA!
DU HAST DOCH HEUTE NICHTS VOR, ODER?
WIESO...?
Mir schwant Übles...
ICH BRÄUCHTE MAL DEINE HILFE...

AH!
RYOKO!
HEY, SORRY, DASS IHR WARTEN MUSSTET!
Pack-esel
GYAH
EIN GUTES NEUES!
HAPPY NEW YEAR!
UND AUF EIN GUTES NEUES JAHR!
OH, KOHEI?!
Ach nein!
ACH DU MEINE GÜTE, BIST DU GROSS GEWORDEN!
DU BIST JA SCHON EIN RICHTIGER MANN!
DU WARST JA SCHON IMMER EIN HÜBSCHER KERL...
... ABER JETZT ALS STUDENT, JA? DA FLIEGEN DIE MÄDELS BESTIMMT AUF DICH!
ÄH... NA JA...

WHOMM
WAAAAH
BEI DEN LECKEREIEN FÜR EUCH HAT KOHEI AUCH MIT-GEHOLFEN!
HOPPS
WOW, ER KOCHT JETZT AUCH?
AHAHAHA
ER HAT ERST DAMIT ANGEFAN-GEN!
WHOMM
KLATSCH KLATSCH KLATSCH
WAS MACHST DU? KOMMST DU MIT ZUM NEUJAHRS-UMTRUNK?
ÄH, NEIN, DANKE.
OKAY!
DANKE DIR, KOHEI!
DANN KOMM GUT NACH HAUSE, JA?
MAN SIEHT SICH!
FWOOO
SEUFZ
JETZT HAB ICH MICH GANZ SCHÖN AUSNUTZEN LASSEN...
ICH GEH HEIM UND LEG MICH WIEDER INS BETT...
HEY, DU DA!
WARTE!

UAH?!
WHUPP
HYA HA HA!
ER-SCHRO-CKEN?!
ÄH... DIESE STIMME...
TAICHI?!
PUHA
HE HE HE! ÜBER-RASCHUNG GELUNGEN!
W...WARUM STECKST DU IN DIESEM KOS-TÜM...?
ICH HAB EINEN JOB BEI DER LÖWENTANZ-VORFÜHRUNG!
OPAS KUMPELS HABEN MICH GEFRAGT!

ICH WAR DIREKT VOR DEINER NASE, ABER DU HAST MICH NICHT BEMERKT!
HAB ICH NULL GECHECKT...
DABEI BIN ICH GEHÜPFT WIE VERRÜCKT UND HAB VOLL DIE SHOW ABGE-ZOGEN!
HATSCHI!
IST DAS NICHT ZU KALT IN DE DÜNNEN SACHEN?
ACH, KEIN PRO-BLEM!
ICH BIN BIS EBEN SO RUMGE-HÜPFT, DASS ICH ECHT SCHWITZEN MUSSTE!
FWUPP
DANN PASS AUF, DASS DU DICH NICHT VERKÜHLST.
HAH...
OH? DER IST ABER SCHÖN WARM!
THANK YOU!
GRRRUMM
OH...

* süßes Getränk aus fermentiertem Reis

Ein Monster!
WUÄÄÄH!
SCHLÜRF
LECKER!
DAS WÄRMT VON INNEN!
AH, DER HIER IST NICHT MIT SAKE-TREBER GEMACHT, SONDERN MIT KOJI.
LECKER!
JA, ODER? DIE ALTEN FRAUEN MACHEN IHN JEDES JAHR SELBST!
ICH HAB ES SCHON ALS KLEINES KIND GELIEBT, DIESEN AMAZAKE AN NEUJAHR HIER ZU TRINKEN!
AHA.
WARST DU SCHON BEIM ERSTEN SCHREINBE-SUCH?
NEIN, NOCH NICHT.
UND DU, TAI-CHI?
ICH WAR SCHON! ICH HAB GANZ FEST GEBETET!
FÜR EINE GEHALTSER-HÖHUNG!
UND DASS ICH HAU-FENWEISE LECKERE SACHEN ZU ESSEN KRIEGE...
... UND DASS OPA NICHT MEHR SO LAUT SCHNARCHT, UND...
H...HE, MACH MAL LANGSAM!

MAN SOLL DOCH EIGENTLICH FÜR SICH BEHALTEN, WAS MAN SICH GEWÜNSCHT HAT, SONST GEHT ES NICHT IN ERFÜLLUNG...
WAS?!
AH, ABER ICH HAB ES EH NICHT RICHTIG GEHÖRT, ALSO ALLES SAFE!
EIN GLÜCK!
STRAAAHL
WAH, JETZT BIN ICH SO ERLEICHTERT, DASS ICH GLEICH WIEDER HUNGER KRIEGE!
ICH GEH NOCH MAL AMAZAKE HOLEN!
NOCH EINEN BECHER, BITTE!
DAS GEHT NICHT, NUR EINEN BECHER FÜR JEDEN!
OCH, BITTE, SAG DOCH SO WAS NICHT!
MEINE GÜTE, DU QUÄLGEIST!
OH?
SUGIHARA?

AH, DU BIST ES WIRKLICH!
BIST DU ZUM ERSTEN SCHREINBESUCH HIER?
GUTES NEUES!
G... GUTES NEUES JAHR!
BIST DU ALLEINE DA? ODER WARTEST DU AUF JEMANDEN?
WENN DU ZEIT HAST, KOMM DOCH MIT UNS WAS TRINKEN!
WIR WOLLTEN GERADE ALLE ZUSAMMEN LOS!
KOMMST DU MIT?
KOHEI!
AH, TAICHI, DA BIST DU JA WIEDER.
WER WAREN DENN DIE STRAHLENDEN MÄDELS EBEN?

ACH... DIE HABEN MICH GEFRAGT, OB ICH MIT IHNEN ZUM NEUJAHRS-UMTRUNK KOMME.
STRAH-LEND...?
AHA.
UND, GEHST DU NICHT MIT?
WAS? NATÜR-LICH NICHT!
WARUM DENN NICHT? DU HAST DOCH NICHTS VOR?
NA, WARUM WOHL...?!
?
ACH, VERGISS ES.
SAG SCHON, WAS WOLL-TEST DU SAGEN?!
NICHTS, VERGISS ES!
LÜGNER, DU WOLLTEST DOCH WAS SAGEN!

WAH
TAICHI!
!
DAS WAR KNAPP...
JETZT HÄTTE ICH MIR BEINAHE GLEICH AM NEUJAHRSTAG MEINEN KOPF ZERTRÜM-MERT!
KOHEI, THANK Y...

DRÜCK
ÄH...
TAI!
HEY!
WHUPP
DA BIST DU JA!
DER NÄCHSTE TANZ GEHT LOS!
AH...! O...OKAY, ICH KOM-ME!

TUT MIR LEID KOHEI!
DANKE DAFÜR!
OKAY, BIS DANN IN DER UNI!
OKAY, BIS DANN!
IRGEND-WIE...
... DACHTE ICH FÜR EINEN MOMENT...
... ER WILL MICH UMARMEN, ABER...
... DAS HAB ICH MIR WOHL NUR EIN-GEBILDET...
WAS BIST DU DENN SO ROT IM GESICHT, TAI?
HAST DU DICH ERKÄL-TET?
N...NEIN, NEIN, ALLES OKAY!

KLONK
...
WAS...
... MACH ICH DENN, ICH IDIOT...
OB TAICHI WAS GEMERKT HAT?
WARUM KONNTE ICH MICH BLOSS NICHT BEHERRSCHEN?
WENN ER SO NAHE IST, WILL ICH IHN IMMER BERÜHREN.

BIN ICH PERVERS ODER WAS?
ICH WILL NICHT, DASS ER SICH ABGE-STOSSEN FÜHLT.
ICH MUSS MICH BEHERR-SCHEN.
HAUPT-SACHE, ER FÜHLT SICH NICHT UNWOHL MIT MIR.
ER MUSS SICH GAR NICHT IN MICH VER-LIEBEN...
... ICH WILL NUR, DASS ICH IN SEI-NER NÄHE SEIN DARF...
... DAFÜR WÜRDE ICH ALLES TUN.
KLIMPER
KLIMPER

BITTE, LIEBE GÖTTER...
... LASST MICH FÜR IMMER...
... MIT TAICHI ZUSAMMEN SEIN.

ENDE

i hear
the
sunspot
limit

Boys Love

Sekaiichi Hatsukoi *von Shungiku Nakamura*

Ritsu Onodera, seines Zeichens junger und dynamischer Lektor für Belletristik, nimmt eine Stelle beim Marukawa Verlag an, bei dem auch der berühmte Autor Akihiko Usami (bekannt aus Junjo Romantica) seine Bücher veröffentlicht. Doch zu seinem Schrecken landet er nicht wie gewünscht im Belletristik-Lektorat, sondern im rein männlichen Redaktionsteam des Shojo-Mangabereichs...

Kamisama Darling *von Kyoko Aiba*

Student Aoi hat eine göttliche Begegnung, die ihm mehr als Kopfschmerzen bereiten wird. Denn in Japan gibt es an quasi jeder Ecke einen Schrein zu besuchen, auch nachts, wenn man – alleine und deprimiert – durch die Straßen läuft. Und Aoi quälen so einige Dinge im Leben: Er wünscht sich, endlich mal Mr Popular und Held jeder Party zu sein... Nur doof, dass ihm tatsächlich ein Gott zuhört und einen Handel mit ihm abschließt – Aoi wird der beliebteste Mensch auf Erden, doch muss er der lebende Ehepartner der Shinto-Gottheit werden...?!

Border *von Kazuma Kodaka*

Yamato ist Privatdetektiv – der Beste, so munkelt man! Er erledigt seine Aufträge schnell, effizient und kreativ, wenn da manchmal nicht Polizeiinspektor Makita störend in seine Arbeit eingreifen würde! Immer näher kommt dieser dem gehetzten Yamato und droht dabei, seiner düsteren Vergangenheit auf die Spur zu kommen...

Lupus in Fabula *von Kamineo*

Im Zentrum der Geschichte steht der Agent J, der mit seiner Partnerin Ace die Grenzfälle des »Federal Bureau of Investigation« bearbeitet. Denn mitten unter uns leben übernatürliche Wesen, sogenannte »Metahominidae«, deren Lebensweisen manchmal im direkten Gegensatz zu denen gewöhnlicher Menschen und ihrer Gesetzgebung stehen. Zur Seite steht ihnen der geheimnisvolle Sky, der dem gut aussehenden J immer wieder Informationen zuspielt...

BEI HAYABUSA

Du kannst mir nicht widerstehen *von Mataaki Kureno*

Der attraktive und gut gebaute Nitta führt ein ziemlich unaufgeregtes Leben, bis plötzlich Mikajima, ein Scout für Schwulenpornos, auf ihn aufmerksam wird. Kann Nitta den dreisten Annährungsversuchen des gewieften Scouts widerstehen?

Tease me or Love me *von Noriko Kihara*

Der Privatdetektiv Asuna entdeckt ein kleines Café, dessen Besitzer Kiyoshi ihn sofort mit seiner ruppigen, aber auch sehr charmanten Art in seinen Bann zieht. Der Beginn einer knisternden Affäre...

Love and let die *von Sai Asai*

Die beiden knallharten Yakuzas Odajima und Kataoka befinden sich auf einer blutigen Mission, die einen völlig anderen Verlauf nimmt, als beide erwarteten. Ein Roadtrip, auf dem die Profigangster auf die Probe gestellt werden.

What's Your Dirty Fantasy? *von Machiko Sugihara*

Aobas erotischer Einfallsreichtum kennt kaum Grenzen. Mit seinem Freund Miya hat er einen Partner an seiner Seite, der nur zu gern seine kreativen und schmutzigen Fantasien teilt.

www.hayabusa-manga.de

CARLSEN MANGA! CHECKLIST

BARFUSS DURCH HIROSHIMA

von Keiji Nakazawa
€ 12,00 (D) / € 12,40 (A)
O **Band 2**
€ 14,00 (D) / € 14,40 (A)
O **Band 1, 3 bis 4**

BARRAGE

von Kohei Horikoshi
€ 6,99 (D) / € 7,20 (A)
O **Band 1 bis 2**
In 2 Bänden abgeschlossen

BATTLE ANGEL ALITA – PERFECT EDITION

von Yukito Kishiro
€ 19,99 (D) / € 20,60 (A)
O **Band 1 bis 3**
€ 24,99 (D) / € 25,70 (A)
O **Band 4**
In 4 Bänden abgeschlossen
€ 29,99 (D) / € 30,90 (A)
O **Band 4 im Schuber**
€ 89,99 (D) / € 92,60 (A)
O **Band 1-4 im Schuber**

BATTLE ANGEL ALITA – LAST ORDER PERFECT EDITION

von Yukito Kishiro
€ 14,99 (D) / € 15,50 (A)
O **1 bis 3, 5 bis 9**
€ 19,99 (D) / € 20,60 (A)
O **Band 10**
O **Band 11** 06/21
O **Band 12** 09/21
€ 16,99 (D) / € 17,50 (A)
O **Band 4**
In 12 Bänden abgeschlossen
€ 25,00 (D) / € 25,70 (A)
O **Band 12 im Schuber mit Extra** 09/21
€ 90,00 (D) / € 92,60 (A)
O **Bände 1 bis 6 im Schuber mit Extra**
€ 99,00 (D) / € 103,20 (A)
O **Bände 7 bis 12 im Schuber mit Extra** 09/21

BATTLE ANGEL ALITA – MARS CHRONICLE

von Yukito Kishiro
€ 6,95 (D) / € 7,20 (A)
O **Band 1 bis 3, 5-6**
O **Band 7** 07/21
€ 10,00 (D) / € 10,30 (A)
O **Band 4**
Bislang 6 Bände in Japan

ATTACK ON TITAN – DELUXE

von Hajime Isayama
€ 25,00 (D) / € 25,70 (A)
O **Band 1 bis 8**

ATTACK ON TITAN – INSIDE

von Hajime Isayama
€ 12,90 (D) / € 13,30 (A)
O **Einzelband**

ATTACK ON TITAN – LOST GIRLS

von Isayama, Seko & Fuji
€ 6,99 (D) / € 7,20 (A)
O **Band 1 & 2**
In 2 Bänden abgeschlossen

ATTACK ON TITAN – LOST GIRLS (Nippon Novel)

von Hiroshi Seko
€ 9,95 (D) / € 10,30 (A)
O **Einzelband**

ATTACK ON TITAN – NO REGRETS

von Hajime Isayama
€ 6,95 (D) / € 7,20 (A)
O **Band 1 & 2**
In 2 Bänden abgeschlossen

ATTACK ON TITAN – NO REGRETS FULL COLOR EDITION

von Hajime Isayama
€ 14,99 (D) / € 15,50 (A)
O **Band 1 & 2**
In 2 Bänden abgeschlossen

ATTACK ON TITAN – OUTSIDE

von Hajime Isayama
€ 12,90 (D) / € 13,30 (A)
O **Einzelband**

ATTACK ON TITAN – SHORT PLAY

von Isayama & hounori
€ 8,99 (D) / € 9,30 (A)
O **Einzelband**

ANONYMOUS NOISE

von Ryoko Fukuyama
€ 5,00 (D) / € 6,20 (A)
O **Band 1**
€ 6,99 (D) / € 7,20 (A)
O **Band 2 bis 17**
O **Band 18** 06/21
In 18 Bänden abgeschlossen

ARTE

von Kei Ohkubo
€ 10,00 (D) / € 10,30 (A)
O **Band 1 bis 6**
O **Band 7** 07/21
O **Band 8** 09/21
Bislang 13 Bände in Japan

ASSASSINATION CLASSROOM

von Yusei Matsui
€ 6,50 (D) / € 6,70 (A)
O **Band 1 bis 21**
In 21 Bänden abgeschlossen

ATTACK ON TITAN

von Hajime Isayama
€ 6,95 (D) / € 7,20 (A)
O **Band 1 bis 32**
O **Band 33** 09/21
In 34 Bänden abgeschlossen
€ 36,00 (D) / € 37,10 (A)
O **Bände 1-5 im Schuber**
O **Bände 6-10 im Schuber**
O **Bände 11-15 im Schuber**
O **Bände 16-20 im Schuber**
O **Bände 21-25 im Schuber**
O **Bände 26-30 im Schuber**

ATTACK ON TITAN – ANSWERS

von Hajime Isayama
€ 12,90 (D) / € 13,30 (A)
O **Einzelband**

ATTACK ON TITAN – BEFORE THE FALL

von Hajime Isayama
€ 6,95 (D) / € 7,20 (A)
O **Band 1 bis 17**
In 17 Bänden abgeschlossen

ATTACK ON TITAN CHARACTER GUIDE

von Hajime Isayama
€ 12,90 (D) / € 13,30 (A)
O **Einzelband**

12 JAHRE

von Nao Maita
€ 5,99 (D) / € 6,20 (A)
O **Band 1 bis 14**
€ 6,99 (D) / € 7,20 (A)
O **Band 15** 08/21
In 20 Bänden abgeschlossen

ABE SADA

von Kazuo Kamimura
€ 14,99 (D) / € 15,50 (A)
O **Band 1 & 2**
In 2 Bänden abgeschlossen

ACID TOWN

von Kyugo
€ 7,95 (D) / € 8,20 (A))
O **Band 6**
Bislang 6 Bände in Japan

AKIRA – ORIGINAL EDITION

von Katsuhiro Otomo
€ 19,90 (D) / € 20,50 (A)
O **Band 1 bis 3**
€ 22,90 (D) / € 23,60 (A)
O **Band 4 bis 6**
In 6 Bänden abgeschlossen

ALICE IN MURDERLAND

von Kaori Yuki
€ 7,95 (D) / € 8,20 (A)
O **Band 1 bis 11**
In 11 Bänden abgeschlossen

ALISIK

von Helge Vogt & Hubertus Rufledt
€ 8,99 (D) / € 9,30 (A)
O **Band 1**
€ 7,99 (D) / € 8,30 (A)
O **Band 2 bis 4**
In 4 Bänden abgeschlossen

ALPHA² – NEUEDITION

von Kamineo & Kamoi
€ 14,00 (D) / € 14,40 (A)
O **Einzelband**

ALPI – THE SOUL SENDER

von Rona
€ 7,00 (D) / € 7,20 (A)
O **Band 1** 07/21
Bislang 4 Bände in Japan

CARLSEN MANGA! CHECKLIST

DOUBT GESAMTAUSGABE
von Yoshiki Tonogai
€ 30,00 (D) / € 30,90 (A)
O **Sammelschuber** 07/21

DRAGON BALL
von Akira Toriyama
€ 6,50 (D) / € 6,70 (A)
O **Band 1 bis 42**
In 42 Bänden abgeschlossen

DRAGON BALL MASSIV
von Akira Toriyama
€ 5,00 (D) / € 5,20 (A)
O **Band 1**
€ 10,00 (D) / € 10,30 (A)
O **Band 2 bis 11**
O **Band 12** 07/21
O **Band 13** 09/21

DRAGON BALL SD
von Akira Toriyama (Original Story) & Naho Ohishi
€ 7,95 (D) / € 8,20 (A)
O **Band 1 bis 6**
Bislang 7 Bände in Japan

DRAGON BALL SIDE STORIES
von Akira Toriyama & dragongarow LEE
€ 5,00 (D) / € 5,20 (A)
O **Yamchu**

DRAGON BALL SUPER
von Toriyama & Toyotarou
€ 6,50 (D) / € 6,70 (A)
O **Band 1 bis 11**
O **Band 12** 06/21
€ 9,99 (D) / € 10,30 (A)
O **Band 5 im Schuber**
O **Band 10 im Schuber**
€ 29,99 (D) / € 30,90 (A)
O **Bände 1-5 im Schuber**
O **Bände 6-10 im Schuber**
Bislang 14 Bände in Japan

DREAMIN' SUN
von Ichigo Takano
€ 6,99 (D) / € 7,20 (A)
O **Band 1 bis 9**
€ 8,99 (D) / € 9,20 (A)
O **Band 10**
In 10 Bänden abgeschlossen

COYOTE
von Ranmaru Zariya
€ 7,99 (D) / € 8,30 (A)
O **Band 1 bis 3**
Bislang 3 Bände in Japan

CROSS ACCOUNT
von Tsunehiro Date
€ 6,99 (D) / € 7,20 (A)
O **Band 1 bis 4**
In 4 Bänden abgeschlossen

DEAD COMPANY
von Yoshiki Tonogai
€ 7,00 (D) / € 7,20 (A)
O **Band 1** 07/21
In 3 Bänden abgeschlossen

DEFENSE DEVIL
von Youn In-Wan & Yang Kyung-Il
€ 5,95 (D) / € 6,20 (A)
O **Band 1 bis 10**
In 10 Bänden abgeschlossen

DEPTH OF FIELD
von Enjo
€ 8,00 (D) / € 8,30 (A)
O **Band 1 & 2**
In 2 Bänden abgeschlossen

DEVILS & REALIST
von Utako Yukihiro & Madoka Takadono
€ 6,95 (D) / € 7,20 (A)
O **Band 11 bis 13**
€ 7,95 (D) / € 8,20 (A)
O **Band 14**
€ 8,95 (D) / € 9,20 (A)
O **Band 15**
In 15 Bänden abgeschlossen

DIALOGE MIT MIR SELBST
von Kabi Nagata
€ 18,00 (D) / € 18,50 (A)
O **Band 1 b& 2**
In 2 Bänden abgeschlossen

DIE STADT DER BESONDEREN KINDER
von Ransom Riggs & Cassandra Jean
€ 14,90 (D) / € 15,40 (A)
O **Einzelband**

BLACK LAGOON
von Rei Hiroe
€ 6,95 (D) / € 7,20 (A)
O **Band 4**
€ 7,95 (D) / € 8,20 (A)
O **Band 1-3, 5-8, 10-11**
€ 8,95 (D) / € 9,20 (A)
O **Band 9**
Bislang 11 Bände in Japan

BLOOM INTO YOU
von Nio Naketani
€ 6,99 (D) / € 7,20 (A)
O **Band 1 bis 7**
€ 7,99 (D) / € 8,30 (A)
O **Band 8**
In 8 Bänden abgeschlossen

BLUE FLAG
von Kaito
€ 7,99 (D) / € 8,30 (A)
O **Band 1 bis 7**
In 7 Bänden abgeschlossen

BLUE GIANT
von Shinichi Ishizuka
€ 8,00 (D) / € 8,30 (A)
O **Band 1** 09/21
In 10 Bänden abgeschlossen

BLUE GIANT SUPREME
von Shinichi Ishizuka
€ 8,00 (D) / € 8,30 (A)
O **Band 1 bis 5**
O **Band 6** 08/21
In 11 Bänden abgeschlossen

BORUTO – NARUTO THE NEXT GENERATION
von Kishimoto & Kodachi
€ 6,50 (D) / € 6,70 (A)
O **Band 1 bis 10**
O **Band 11** 07/21
Bislang 13 Bände in Japan

BUDDHA
von Osamu Tezuka
€ 22,90 (D) / € 23,60 (A)
O **Band 1 bis 10**
In 10 Bänden abgeschlossen

CHIISAKOBEE
von Minetaro Mochizuki
€ 14,90 (D) / € 15,40 (A)
O **Band 1 bis 4**
In 4 Bänden abgeschlossen

BECOMING A GIRL ONE DAY
von Akane Ogura
€ 5,99 (D) / € 6,20 (A)
O **Band 1 bis 4**
In 4 Bänden abgeschlossen

BECOMING A GIRL ONE DAY – ANOTHER
von Akane Ogura
€ 5,99 (D) / € 6,20 (A)
O **Band 1 bis 4**
In 4 Bänden abgeschlossen

BILLY BAT
von Naoki Urasawa & Takashi Nagasaki
€ 8,95 (D) / € 9,20 (A)
O **Band 4-7, 12-16**
€ 12,00 (D) / € 12,40 (A)
O **Band 1-3, 8-11, 17-20**
In 20 Bänden abgeschlossen

BL IS MAGIC!
von Oroken
€ 9,99 (D) / € 10,30 (A)
O **Band 1 bis 3**
In 4 Bänden abgeschlossen
O **BL is magic! Special: Extra Spells** 08/21

BL METAMORPHOSEN – GEHEIMNIS EINER FREUNDSCHAFT
von Kaori Tsurutani
€ 8,00 (D)/ € 8,30 (A)
O **Band 1 bis 3**
O **Band 4** 09/21
In 5 Bänden abgeschlossen

BLACK BUTLER
von Yana Toboso
€ 6,95 (D) / € 7,20 (A)
O **Band 1 bis 29**
O **Band 30** 07/21
€ 10,00 (D)/ € 10,30 (A)
O **Band 30 Limitierte Ausgabe mit Extra** 07/21
€ 14,90 (D) / € 15,40 (A)
O **Character Guide**
Bislang 29 Bände in Japan

CARLSEN MANGA! CHECKLIST

GELIEBTER AFFE

von Yoshihiro Tatsumi
€ 19,90 (D) / € 20,50 (A)
O **Einzelband**

GHOSTLY THINGS

von Ushio Shirotori
€ 7,00 (D) / € 7,20 (A)
O **Band 1**
O **Band 2** 07/21
In 4 Bänden abgeschlossen

HARU x KIYO

von Akira Ozaki
€ 5,00 (D) / € 5,20 (A)
O **Band 1**
€ 7,00 (D)/ €7,20 (A)
O **Band 2 bis 9**
In 9 Bänden abgeschlossen

HE'S MY VAMPIRE

von Aya Shouoto
€ 6,95 (D) / € 7,20 (A)
O **Band 1 bis 10**
In 10 Bänden abgeschlossen

HITOTSUBANA

von Minami
€ 8,00 (D) / € 8,30 (A)
O **Band 1 bis 7**
In 7 Bänden abgeschlossen

HOW TO DRAW MANGA

von Hikaru Hayashi u. a.
€ 9,95 (D) / € 10,30 (A)
O **Manga-Charaktere in Bewegung**
€ 16,90 (D) / € 17,40 (A)
O **Ninja und Samurai**
€ 17,90 (D) / € 18,40 (A)
O **Manga-Figuren entwickeln**
€ 19,90 (D) / € 20,50 (A)
O **Manga-Skizzen zeichnen**
O **Character Design – Tipps und Tricks**
O **Manga aus der richtigen Perspektive**
O **Oberflächen und Strukturen**
O **Manga-Figuren in ihrer Umwelt**
O **Perfekte Proportionen im Manga**
O **Grundlagen der Manga-Kunst**
€ 24,90 (D) / € 25,60 (A)
O **Kolorieren mit Copic-Stiften**
O **Kolorieren mit Aquarellbuntstiften**

FOLGE DEN WOLKEN NACH NORD-NORDWEST

von Aki Irie
€ 12,00 (D) / € 12,40 (A)
O **Band 1 bis 4**
Bislang 5 Bände in Japan

FOOD WARS – SHOKUGEKI NO SOMA

von Tsukuda & Saeki
€ 6,99 (D) / € 7,20 (A)
O **Band 1 bis 31**
O **Band 32** 06/21
O **Band 33** 08/21
In 36 Bänden abgeschlossen
€ 69,90 (D) / € 71,80 (A)
O **Bände 1-10 im Schuber**
O **Bände 11-20 im Schuber**
O **Bände 21-30 im Schuber**

FRUIT BASKET PEARLS

von Natuski Takaya
€ 11,00 (D) / € 11,40 (A)
O **Band 1**
O **Band 2** 06/21
O **Band 3** 08/21
In 12 Bänden abgeschlossen

GAMMA DRACONIS

von Eldo Yoshimizu & Benoist Simmat
€ 16,00 (D) / € 16,50 (A)
O **Einzelband** 07/21

GANGSTA.

von Kohske
€ 7,95 (D) / € 8,20 (A)
O **Band 1 bis 8**
Bislang 8 Bände in Japan

GANGSTA: CURSED.

von Kohske & Kamo
€ 7,99 (D) / € 8,30 (A)
O **Band 1 bis 5**
Bislang 5 Bände in Japan

GEGEN DEN STROM

von Yoshihiro Tatsumi
€ 44,00 (D) / € 44,60 (A)
O **Einzelband**

FAIRY TAIL+

von Hiro Mashima
€ 8,95 (D) / € 9,20 (A)
O **Einzelband**

FAIRY TAIL – HAPPY'S ADVENTURE

von Hiro Mashima & Kenshiro Sakamoto
€ 7,00 (D) / € 7,20 (A)
O **Band 1 bis 4**
O **Band 5** 08/21
In 8 Bänden abgeschlossen

FAIRY TAIL S

von Hiro Mashima
€ 6,99 (D) / € 7,20 (A)
O **Band 1 & 2**
In 2 Bänden abgeschlossen

FAIRY TAIL SIDE STORIES

von Hiro Mashima & Kyota Shibano
€ 6,99 (D) / € 7,20 (A)
O **Band 1 bis 3**
In 3 Bänden abgeschlossen

FAIRY TALE BATTLE ROYALE

von Soraho Ina
€ 7,00 (D) / € 7,20 (A)
O **Band 1 bis 4**
Bislang 4 Bände in Japan

FINAL FANTASY – LOST STRANGER

von Hazuki Minase & Itsuki Kameya
€ 12,99 (D) / € 13,40 (A)
O **Band 1 bis 5**
Bislang 6 Bände in Japan

FINAL FANTASY – OFFICIAL MEMORIAL ULTIMANIA BOOK

von Takatoshi Shiozawa
€ 39,99 (D) / € 41,20 (A)
O **VII - IX**
In 3 Bänden abgeschlossen

FOCUS 10

von Martina Peters
€ 6,99 (D) / € 7,20 (A)
O **Band 1 bis 9**
O **Band 10** 09/21
In 10 Bänden abgeschlossen

DR. STONE

von Inagaki & BOICHI
€ 7,00 (D) / € 7,20 (A)
O **Band 1 bis 11**
O **Band 12** 06/21
O **Band 13** 08/21
Bislang 19 Bände in Japan

DR. STONE REBOOT: BYAKUYA

von Inagaki & BOICHI
€ 7,00 (D) / € 7,20 (A)
O **Einzelband** 07/21

EDENS ZERO

von Hiro Mashima
€ 7,00 (D)/ €7,20 (A)
O **Band 1 bis 9**
O **Band 10** 07/21
€ 10,00 (D) / € 10,30 (A)
O **Band 7 - limitierte Ausgabe**
Bislang 13 Bände in Japan

EXISTENZEN UND ANDERE ABGRÜNDE

von Yoshihiro Tatsumi
€ 19,90 (D) / € 20,50 (A)
O **Einzelband**

FAIRY GIRLS

von Hiro Mashima
€ 6,99 (D) / € 7,20 (A)
O **Band 1 bis 4**
In 4 Bänden abgeschlossen

FAIRY TAIL

von Hiro Mashima
€ 6,50 (D) / € 6,70 (A)
O **Band 1 bis 63**
€ 9,99 (D) / € 10,30 (A)
O **Band 60 limitiert**
In 63 Bänden abgeschlossen

FAIRY TAIL ARTBOOKS

von Hiro Mashima
€ 19,95 (D) / € 20,60 (A)
O **Fantasia**
O **Harvest**

FAIRY TAIL – 100 YEARS QUEST

von Hiro Mashima & Atsuo Ueda
€ 7,00 (D) / € 7,20 (A)
O **Band 1 bis 5**
O **Band 6** 06/21
O **Band 7** 09/21
Bislang 10 Bände in Japan

CARLSEN MANGA! CHECKLIST

LIBERI-PROJEKT, DAS
von Tamasaburo
€ 6,95 (D) / € 7,20 (A)
O **Band 1 bis 3**
In 3 Bänden abgeschlossen

LIEBHABER, DER
von Kan Takahama
€ 22,00 (D) / € 22,70 (A)
O **Einzelband**

LITTLE WITCH ACADEMIA
von Sato & Yoshinari
€ 6,99 (D) / € 7,20 (A)
O **Band 1 bis 3**
In 3 Bänden abgeschlossen

LIQUOR & CIGARETTE
von Ranmaru Zariya
€ 8,00 (D) / € 8,30 (A)
O **Einzelband**

LUDWIG REVOLUTION GESAMTAUSGABE
von Kaori Yuki
€ 30,00 (D) / € 30,90 (A)
O **Sammelschuber** 09/21

LUPUS IN FABULA
von Kamineo
€ 7,95 (D) / € 8,20 (A)
O **Band 1 bis 3**
In 3 Bänden abgeschlossen

MACHIMAHO – MAGICAL GIRL BY ACCIDENT
von Souryu
€ 7,99 (D) / € 8,30 (A)
O **Band 1 bis 7**
O **Band 8** 07/21
Bislang 9 Bände in Japan

MAGUS OF THE LIBRARY
von Mitsu Izumi
€ 12,00 (D) / € 12,40 (A)
O **Band 1 & 4**
€ 14,00 (D) / € 14,40 (A)
O **Band 2**
€ 16,00 (D) / € 16,50 (A)
O **Band 3**
Bislang 5 Bände in Japan

KAMISAMA DARLING
von Kyoko Aiba
€ 6,99 (D) / € 7,20 (A)
O **Band 1 bis 8**
In 8 Bänden abgeschlossen

KATSURA & TORIYAMA SHORT STORIES
von Akira Toriyama
& Masakazu Katsura
€ 6,95 (D) / € 7,20 (A)
O **Einzelband**

KILLING BITES
von Shinya Murata
& Kazasa Sumita
€ 7,95 (D) / € 8,20 (A)
O **Band 1-3, 5-14**
€ 10,00 (D) / € 10,30 (A)
O **Band 4**
Bislang 17 Bände in Japan

KIMI NI NARE – FINDE DICH SELBST
von Ichigo Takano
€ 7,00 (D) / € 7,20 (A)
O **Einzelband** 07/21

KLEINE KATZE CHI
von Konami Kanata
€ 9,95 (D) / € 10,30 (A)
O **Band 1 bis 11**
€ 12,00 (D) / € 12,40 (A)
O **Band 12**
In 12 Bänden abgeschlossen

KOROSENSEI QUEST!
von Yusei Matsui &
Kizuku Watanabe
€ 6,50 (D) / € 6,70 (A)
O **Band 1 bis 5**
In 5 Bänden abgeschlossen

LADY SNOWBLOOD (NEUEDITION)
von Kazuo Koike
& Kazuo Kamimura
€ 19,99 (D) / € 20,60 (A)
O **Band 1 & 2**
€ 16,99 (D) / € 17,50 (A)
O **Band 3**
In 3 Bänden abgeschlossen

LETZTE REISE DER SCHMETTERLINGE, DIE
von Kan Takahama
€ 14,90 (D) / € 15,40 (A)
O **Einzelband**

IM – GREAT PRIEST IMHOTEP
von Makoto Morishita
€ 6,99 (D) / € 7,20 (A)
O **Band 1 bis 10**
€ 7,99 (D) / € 8,30 (A)
O **Band 11**
In 11 Bänden abgeschlossen

IN THIS CORNER OF THE WORLD
von Fumiyo Kouno
€ 12,99 (D) / € 13,40 (A)
O **Band 1 bis 3**
In 3 Bänden abgeschlossen

ITO, JUNJI
von Shinya Murata
& Kazasa Sumita
€ 24,00 (D) / € 24,70 (A)
O **Gyo Deluxe**
O **Shiver** 07/21
€ 28,00 (D) / € 28,80 (A)
O **Uzumaki Deluxe**

JAPANISCH FÜR MANGA-FANS
von Thora Kerner
& Jin Baron
€ 16,00 (D) / € 16,50 (A)
O **Sammelband**

JUDGE
von Yoshiki Tonogai
€ 7,95 (D) / € 8,20 (A)
O **Band 1 bis 5**
€ 8,95 (D) / € 9,20 (A)
O **Band 6**
In 6 Bänden abgeschlossen

JUMPING
von Asahi Tsutsui
€ 7,00 (D) / € 7,20 (A)
O **Band 1 bis 4**
In 4 Bänden abgeschlossen

JUNJO ROMANTICA
von Shungiku Nakamura
€ 6,95 (D) / € 7,20 (A)
O **Band 9, 11-12, 19-22**
O **Band 23** 06/21
€ 10,00 (D) / € 10,30 (A)
O **Band 1-8, 10,13-18**
Bislang 25 Bände in Japan

H.P. LOVECRAFT
von Gou Tanabe
€ 12,00 (D) / € 12,40 (A)
O **H.P. Lovecrafts Die Farbe aus dem All**
O **H.P. Lovecrafts Der Hund und andere Geschichten**
O **H.P. Lovecrafts Der leuchtende Trapezoeder**
€ 18,00 (D) / € 18,50 (A)
O **H.P. Lovecrafts Berge des Wahnsinns Band 1 bis 2**
O **H.P. Lovecrafts Cthulhus Ruf** 08/21
€ 22,00 (D) / € 22,70 (A)
O **H.P. Lovecrafts Der Schatten aus der Zeit**

HUNTER X HUNTER
von Yoshihiro Togashi
€ 6,95 (D) / € 7,20 (A)
O **Band 1 bis 36**
Bislang 36 Bände in Japan

I AM SHERLOCK
von TAKATA & Io
€ 7,00 (D)/ € 7,20 (A)
O **Band 1 bis 4**
In 4 Bänden abgeschlossen

I HAD THAT SAME DREAM AGAIN
von Yoru Sumino &
Izumi Kirihara
€ 7,00 (D) / € 7,20 (A)
O **Band 1 bis 3**
In 3 Bänden abgeschlossen

I HEAR THE SUNSPOT
von Yuki Fumino
€ 7,99 (D) / € 8,30 (A)
O **Band 1**
€ 9,99 (D) / € 10,30 (A)
O **Band 2**
Bisher 2 Bände in Japan

I HEAR THE SUNSPOT – LIMIT
von Yuki Fumino
€ 7,99 (D) / € 8,30 (A)
O **Band 1**
€ 8,99 (D) / € 9,30 (A)
O **Band 2**
€ 9,99 (D) / € 10,30 (A)
O **Band 3** 07/21
In 3 Bänden abgeschlossen

CARLSEN MANGA! CHECKLIST

NARUTO MASSIV
von Masashi Kishimoto
€ 5,00 (D) / € 5,20 (A)
O **Band 1**
€ 9,99 (D) / € 10,30 (A)
O **Band 2 bis 24**
In 24 Bänden abgeschlossen

NARUTO – THE MOVIE
von Masashi Kishimoto
€ 7,95 (D) / € 8,20 (A)
O **Geheimmission im Land des ewigen Schnees Band 1 & 2**
O **Die Legende des Steins Gelel Band 1 & 2**
O **Sondermission im Land des Mondes 1 & 2**

NARUTO – THE MOVIE: SHIPPUDEN
von Masashi Kishimoto
€ 12,95 (D) / € 13,40 (A)
O **Naruto - The Movie: Shippuden**
O **Naruto - The Movie: Shippuden-Fesseln**
O **Naruto - The Movie: Shippuden - Die Erben des Willens des Feuers**
O **Naruto - The Movie: Shippuden - Lost Tower**

NEON GENESIS EVANGELION
von Gainax & Yoshiyuki Sadamoto
€ 6,95 (D) / € 7,20 (A)
O **Band 1 bis 14**
In 14 Bänden abgeschlossen

NO EXIT
von Haruhi Seta
€ 6,99 (D) / € 7,20 (A)
O **Band 1 bis 13**
In 14 Bänden abgeschlossen

OKITENEMURU
von Hitori Renda
€ 7,99 (D) / € 8,20 (A)
O **Band 9**
In 9 Bänden abgeschlossen

OLD BOY
von Tsuchiya Garon & Minegishi Nobuaki
€ 12,00 (D) / € 12,40 (A)
O **Band 1 bis 4**
In 4 Bänden abgeschlossen

MURCIÉLAGO
von Yoshimura Kana
€ 7,99 (D) / € 8,30 (A)
O **Band 1 bis 14**
O **Band 15** 06/21
Bislang 17 Bände in Japan

MY HERO ACADEMIA
von Kohei Horikoshi
€ 6,99 (D) / € 7,20 (A)
O **Band 1 bis 27**
O **Band 28** 08/21
Bislang 30 Bände in Japan
€ 10,00 (D) / € 10,30 (A)
O **My Hero Academia - Ultra Archive**
€ 12,99 (D) / € 13,40 (A)
O **My Hero Academia - Ultra Analysis**

MY HERO ACADEMIA SMASH
von Kohei Horikoshi & Hirofumi Neda
€ 5,00 (D) / € 5,20 (A)
O **Band 1 bis 5**
Bislang 5 Bände in Japan

MY HERO ACADEMIA TEAM UP MISSION
von Kohei Horikoshi & Yoko Akiyama
€ 7,00 (D) / € 7,20 (A)
O **Band 1**
Bisher 2 Bände in Japan

MY ROOMMATE IS A CAT
von Tsunami Minatsuki & Asu Futatsuya
€ 7,00 (D) / € 7,20 (A)
O **Band 1 bis 4**
O **Band 5** 06/21
O **Band 6** 09/21
Bislang 7 Bände in Japan

MY SECRET WHICH I CANNOT TELL YOU
von Kyoko Aiba
€ 6,99 (D) / € 7,20 (A)
O **Einzelband**

NARUTO
von Masashi Kishimoto
€ 6,50 (D) / € 6,70 (A)
O **Band 1 bis 72**
In 72 Bänden abgeschlossen
O **Der siebte Hokage und der scharlachrote Frühling**

MERMAID PRINCE
von Kaori Ozaki
€ 8,00 (D) / € 8,30 (A)
O **Einzelband**

MOB PSYCHO 100
von ONE
€ 6,66 (D) / € 6,90 (A)
O **Band 1 bis 15**
€ 7,77 (D) / € 8,00 (A)
O **Band 16**
In 16 Bänden abgeschlossen

MONSTER – PERFECT EDITION
von Naoki Urasawa
€ 20,00 (D) / € 20,60 (A)
O **Band 1 bis 8**
€ 24,00 (D) / € 24,70 (A)
O **Band 9** 08/21
In 9 Bänden abgeschlossen

MORIARTY THE PATRIOT
von Takeuchi & Miyoshi
€ 9,99 (D) / € 10,30 (A)
O **Band 1 bis 9**
O **Band 10** 06/21
O **Band 11** 08/21
Bislang 13 Bände in Japan
€ 16,00 (D) / € 16,50 (A)
O **Band 10 mit Extra – limitierte Auflage** 06/21
€ 99,00 (D) / € 101,80 (A)
O **Band 1 bis 10 im Sammelschuber – limitierte Auflage** 06/21

MOTHER'S SPIRIT
von Enzo
€ 7,99 (D) / € 8,30 (A)
O **Band 1 & 2**
Bislang 2 Bände in Japan

MOTOKARE RETRY
von En Hanaya
€ 6,99 (D) / € 7,20 (A)
O **Band 1 bis 7**
In 7 Bänden abgeschlossen

MOVING FORWARD
von Nagamu Nanaji
€ 5,00 (D) / € 5,20 (A)
O **Band 1**
€ 7,00 (D) / € 7,20 (A)
O **Band 2 bis 7**
O **Band 8** 08/21
In 11 Bänden abgeschlossen

MAID-SAMA
von Hiro Fujiwara
€ 5,95 (D) / € 6,20 (A)
O **Band 1 bis 18**
In 18 Bänden abgeschlossen
O **Maid-sama Marriage**

MANGA LOVE STORY
von Katsu Aki
€ 6,95 (D) / € 7,20 (A)
O **Band 70 bis 76**
Bislang 81 Bände in Japan

MANGA-ZEICHENSTUDIO
von Kaneda Koubou u.a.
€ 19,90 (D) / € 20,50 (A)
O **Hände und Füße**
O **Gesichter und Emotionen**
O **Manga Master Book**
O **Mädchen in coolen Posen**
O **Emotionen und Mimik ausdrucksstark zeichnen**
O **Manga Basics**
O **Figuren & Hintergründe**
€ 20,00 (D) / € 20,60 (A)
O **Charmante Charaktere**
€ 24,90 (D) / € 25,60 (A)
O **Spannende Geschichten erzählen**

MANN MEINES BRUDERS, DER
von Gengoroh Tagame
€ 10,00 (D) / € 10,30 (A)
O **Band 1 bis 4**
In 4 Bänden abgeschlossen

MASHIMA HERO'S
von Hiro Mashima
€ 7,00 (D) / € 7,20 (A)
O **Einzelband**
€ 10,00 (D) / € 10,30 (A)
O **Einzelband Limitierte Edition**

MEINE LESBISCHE ERFAHRUNG MIT EINSAMKEIT
von Kabi Nagata
€ 15,00 (D) / € 15,50 (A)
O **Einzelband**

MELANCHOLISCHER MORGEN, EIN
von Shoko Hidaka
€ 9,95 (D) / € 10,30 (A)
O **Band 8**
In 8 Bänden abgeschlossen

CARLSEN MANGA! CHECKLIST

ROSEN BLOOD
von Kachiru Ichizue
€ 10,00 (D) / € 10,30 (A)
O **Band 1**
O **Band 2** 07/21
Bisher 3 Bände in Japan

RYUKO
von Eldo Yoshimizu
€ 14,99 (D) / € 15,50 (A)
O **Band 1 & 2**
In 2 Bänden abgeschlossen

SACRIFICE TO THE KING OF BEASTS
von Yu Tomofuji
€ 6,99 (D) / € 7,20 (A)
O **Band 1 bis 11**
O **Band 12** 06/21
O **Band 13** 09/21
In 15 Bänden abgeschlossen

SAKURA – I WANT TO EAT YOUR PANCREAS
von Yoru Sumino
€ 7,99 (D) / € 8,20 (A)
O **Band 1 & 2**
In 2 Bänden abgeschlossen

SAKURA DREAMS BUCH UND TERMIN-KALENDER 2022
von Melanie Schober
€ 10,00 (D) / € 10,10 (A)
O **Kalender** 06/21

SAMURAI8
von Masashi Kishimoto & Akira Okubo
€ 7,00 (D) / € 7,20 (A)
O **Band 1 bis 5**
In 5 Bänden abgeschlossen

SANTA MARIA HEARTLAND
von Rise Torio
€ 8,50 (D) / € 8,80 (A)
O **Einzelband**

SARABA, YOKI HI – SOLANGE WIR ZUSAMMEN SIND
von Yuki Akaneda
€ 7,00 (D) / € 7,20 (A)
O **Band 1**
O **Band 2** 08/21
Bisher 6 Bände in Japan

PLUTO: URASAWA X TEZUKA
von Tezuka, Urasawa & Nagasaki
€ 14,90 (D) / € 15,30 (A)
O **Band 1-3, 6-7**
€ 12,90 (D) / € 13,30 (A)
O **Band 4-5**
€ 16,90 (D) / € 17,40 (A)
O **Band 8**
In 8 Bänden abgeschlossen

POISON CITY
von Tetsuya Tsutsui
€ 7,99 (D) / € 8,30 (A)
O **Band 1 & 2**
In 2 Bänden abgeschlossen

PONE – POSUKA DEMIZU ARTBOOK
von Posuka Demizu
€ 20,00 (D) / € 20,60 (A)
O **Artbook**

Q (KU)
von Tatsuya Shihira
€ 7,99 (D) / € 8,30 (A)
O **Band 1 bis 3**
€ 8,99 (D) / € 9,30 (A)
O **Band 4**
In 4 Bänden abgeschlossen

REAKTOR 1F – EIN BERICHT AUS FUKUSHIMA
von Kazuto Tatsuta
€ 12,99 (D) / € 13,40 (A)
O **Band 1 bis 3**
In 3 Bänden abgeschlossen

RENTAL GIRLFRIEND
von Reiji Miyajima
€ 7,00 (D) / € 7,20 (A)
O **Band 1 bis 8**
O **Band 9** 07/21
O **Band 10** 09/21
Bislang 16 Bände in Japan

REQUIEM OF THE ROSE KING
von Aya Kanno
€ 9,99 (D) / € 10,30 (A)
O **Band 1 bis 12**
O **Band 13** 08/21
Bislang 14 Bände in Japan

OUR SUMMER HOLIDAY
von Kaori Ozaki
€ 7,99 (D) / € 8,30 (A)
O **Einzelband**

OVERLORD
von Maruyama & Miyama
€ 6,99 (D) / 7,20 (A)
O **Band 1 bis 12**
€ 7,99 (D) / € 8,30 (A)
O **Band 13**
O **Band 14** 09/21
Bislang 15 Bände in Japan

OVERLORD Official Comic À La Carte Anthology
von Kugane Maruyama, diverse
€ 7,00 (D) / € 7,20 (A)
O **Band 1 bis 3**
Bislang 3 Bände in Japan

PANDORAHEARTS
von Jun Mochizuki
€ 6,95 (D) / € 7,20 (A)
O **Band 1, 5-6, 10-15, 17, 19**
€ 7,95 (D) / € 8,20 (A)
O **Band 18**
€ 8,95 (D) / € 9,20 (A)
O **Band 22**
€ 10,00 (D) / € 10,30 (A)
O **Band 2-4, 7-9, 16, 20-21, 23**
€ 14,00 (D) / € 14,40 (A)
O **Band 24**
In 24 Bänden abgeschlossen

PERSONAL PARADISE NEUEDITION
von Melanie Schober
€ 6,99 (D) / € 7,20 (A)
O **Band 1 bis 7**
O **Brave Brother 1.0 lim. Ausgabe mit Schuber**

PLEASE LOVE ME
von Aya Nakahara
€ 5,00 (D) / € 5,20 (A)
O **Band 1**
€ 7,00 (D) / € 7,20 (A)
O **Band 2 bis 8**
O **Band 9** 06/21
O **Band 10** 09/21
In 10 Bänden abgeschlossen

ONE PIECE
von Eiichiro Oda
€ 6,50 (D) / € 6,70 (A)
O **Band 1 bis 97**
O **Band 98** 09/21
Bislang 99 Bände in Japan

ONE PIECE: FLUCH DES HEILIGEN SCHWERTS
von Eiichiro Oda
€ 7,95 (D) / € 8,20 (A)
O **Band 1 & 2**
In 2 Bänden abgeschlossen

ONE PIECE PARTY
von Andoh & Oda
€ 6,50 (D) / € 6,70 (A)
O **Band 1 bis 6**
Bislang 6 Bände in Japan

ONE PIECE – SANJIS LECKERE PIRATENREZEPTE
von Eiichiro Oda
€ 24,90 (D) / € 25,60 (A)
O **Kochbuch**

ONE PIECE QUIZ BOOK
von Eiichiro Oda
€ 14,00 (D) / € 14,40 (A)
O **Einzelband**

ONE PIECE Z
von Eiichiro Oda
€ 9,95 (D) / € 10,20 (A)
O **Band 1 & 2**
In 2 Bänden abgeschlossen

ONE WEEK FRIENDS
von Matcha Hazuki
€ 6,99 (D) / € 7,20 (A)
O **Band 1 bis 7**
In 7 Bänden abgeschlossen

OPUS
von Satoshi Kon
€ 14,90 (D) / € 15,40 (A)
O **Band 1 & 2**
In 2 Bänden abgeschlossen

ORANGE
von Ichigo Takano
€ 7,99 (D) / € 8,30 (A)
O **Band 1 bis 6**
Bislang 6 Bände in Japan

CARLSEN MANGA! CHECKLIST

SUPER DRAGON BALL HEROES UNIVERSE MISSION

von Yoshitaka Nagayama
€ 6,50 (D) / € 6,70 (A)
O **Band 1**
O **Band 2** 08/21
Bislang 2 Bände in Japan

TAKANE UND HANA

von Yuki Shiwasu
€ 5,00 (D) / € 5,20 (A)
O **Band 1**
€ 6,99 (D) / € 7,20 (A)
O **Band 2 bis 14**
O **Band 15** 07/21
In 18 Bänden abgeschlossen

TANIGUCHI, JIRO

von Jiro Taniguchi
€ 12,90 (D) / € 13,30 (A)
O **Der Gourmet 2**
€ 14,90 (D) / € 15,40 (A)
O **Der Gourmet**
€ 16,00 (D) / € 16,50 (A)
O **Der Kartograph**
O **Die Schrift des Windes**
€ 16,90 (D) / € 17,40 (A)
O **Ihr Name war Tomoji**
€ 20,00 (D) / € 20,60 (A)
O **Im Jahrtausendwald**
€ 22,00 (D) / € 22,70 (A)
O **Unruhige Geister und stille Gefährten**
€ 25,00 (D) / € 25,70 (A)
O **Der spazierende Mann (erw. Neuausgabe)**
€ 28,00 (D) / € 28,80 (A)
O **Der Himmel ist blau, die Erde ist weiß – Gesamtausgabe**

TEMPEST CURSE

von Martina Peters
€ 6,95 (D) / € 7,20 (A)
O **Band 1 bis 3**
In 3 Bänden abeschlossen

THE ART OF SPLATOON

von Nintendo
€ 40,00 (D) / € 41,20 (A)
O **Artbook**

THE BOOK OF LIST - GRIMM'S MAGICAL ITEMS

von Izuco Fujiya
€ 6,95 (D) / € 7,20 (A)
O **Band 1 bis 5**
€ 8,95 (D) / € 9,20 (A)
O **Band 6**
In 6 Bänden abeschlossen

SOUL EATER MASSIV

von Atsushi Ohkubo
€ 5,00 (D) / € 5,20 (A)
O **Band 1**
€ 8,00 (D) / € 8,30 (A)
O **Band 2 bis 4**
O **Band 5** 06/21
O **Band 6** 08/21
In 12 Bänden abgeschlossen

SOUL EATER GUIDE BOOK

von Atsushi Ohkubo
€ 8,95 (D) / € 9,20 (A)
O **Einzelband**

SOUL EATER SOUL ART

von Atsushi Ohkubo
€ 24,90 (D) / € 25,60 (A)
O **Band 2**

SPLATOON

von Sankichi Hinodeya
€ 6,99 (D) / € 7,20 (A)
O **Band 1 bis 10**
O **Band 11** 07/21
Bislang 13 Bände in Japan

STILLE WASSER

von Kan Takahama
€ 16,90 (D) / € 17,40 (A)
O **Einzelband**

SUNNY

von Taiyo Matsumoto
€ 16,00 (D) / € 16,50 (A)
O **Band 1 & 2**
O **Band 3** 07/21
In 6 Bänden abgeschlossen

SÜSSE KATZE CHI: CHI'S SWEET ADVENTURES

von Konami Kanata & Kinoko Natsume
€ 8,00 (D) / € 8,30 (A)
O **Band 1 bis 4**
In 4 Bänden abgeschlossen

SUPER DRAGON BALL HEROES

von Yoshitaka Nagayama
€ 6,50 (D) / € 6,70 (A)
O **Band 1 bis 3**
Bislang 3 Bände in Japan

SHERLOCK

von Jay, Gatiss & Moffat
€ 12,99 (D) / € 13,40 (A)
O **Band 1, 2 und 4**
€ 14,99 (D) / € 15,50 (A)
O **Band 3**
€ 39,99 (D) / € 41,20 (A)
O **Band 1 bis 3 im Schuber**
Bislang 4 Bände in Japan

SHIBA – EIN HUND ZUM VERLIEBEN

von Mayumi Muroyama
€ 7,00 (D) / € 7,20 (A)
O **Einzelband**

SHIKIGAMI

von Yasaiko Midorihana
€ 10,00 (D) / € 10,30 (A)
O **Einzelband**

SKETCH EVERY DAY

von Simone Grünewald
€ 20,00 (D) / € 20,60 (A)
O **Zeichenbuch**

SKIP BEAT!

von Yoshiki Nakamura
€ 6,95 (D) / € 7,20 (A)
O **Band 1-8, 10-17, 19-21, 24-33, 35-37, 41-45**
€ 8,00 (D) / € 8,30 (A)
O **Band 9, 18, 22-23, 34, 38-40**
Bislang 45 Bände in Japan

SKULL PARTY

von Melanie Schober
€ 6,95 (D) / € 7,20 (A)
O **Band 1 bis 4**
In 4 Bänden abgeschlossen

SNACK WORLD

von Level-5, & sho.t
€ 7,00 (D) / € 7,20 (A)
O **Band 1 & 2**
In 2 Bänden abgeschlossen

SOUL EATER

von Atsushi Ohkubo
€ 6,50 (D) / € 6,70 (A)
O **Band 2, 4, 6-11, 13-18 & 24**
€ 7,95 (D) / € 8,20 (A)
O **Band 25**
In 25 Bänden abgeschlossen

SCHATTENARIE

von Zofia Garden & Anne Delseit
€ 6,95 (D) / € 7,20 (A)
O **Band 1 & 2**
In 2 Bänden abgeschlossen

SCHNEEBALLEN

von Inga Steinmetz
€ 12,00 (D) / € 12,40 (A)
O **Schneeballens Fall**
€ 14,00 (D) / € 14,40 (A)
O **Schneeballen – Verliebt in Japan**

SCHOKOHEXE, DIE

von Rino Mizuho
€ 6,50 (D) / € 6,70 (A)
O **Band 1-3, 5-7, 10-17**
O **Band 18** 07/21
€ 10,00 (D) / € 10,30 (A)
O **Band 4, 8-9**
Bislang 20 Bände in Japan

SEARCH AND DESTROY

von Osamu Tezuka & Atsushi Kaneko
€ 15,00 (D) / € 15,50 (A)
O **Band 1 & 2**
€ 18,00 (D) / € 18,50 (A)
O **Band 3** 09/21
In 3 Bänden abgeschlossen

SEKAIICHI HATSUKOI

von Shungiku Nakamura
€ 6,95 (D) / € 7,20 (A)
O **Band 1, 3, 8-12**
€ 10,00 (D) / € 10,30 (A)
O **Band 2-7**
€ 6,95 (D / € 7,20 (A)
O **Band 13** 06/21
Bislang 15 Bände in Japan

SEVEN DEADLY SINS

von Suzuki Nakaba
€ 6,50 (D) / € 6,70 (A)
O **Band 1 bis 37**
O **Band 38** 07/21
O **Band 39** 09/21
In 41 Bänden abgeschlossen

CARLSEN MANGA! CHECKLIST

YAMADA-KUN AND THE SEVEN WITCHES

von Miki Yoshikawa
€ 5,95 (D) / € 6,20 (A)
O **Band 1-5, 7-8, 10-17, 19-28**
€ 10,00 (D) / € 10,30 (A)
O **Band 6, 9, 18**
In 28 Bänden abgeschlossen

YOKOHAMA STATION FABLE

von Gonbe Shinkawa & Yuba Isukari
€ 8,00 (D) / € 8,30 (A)
O **Band 1** 06/21
In 3 Bänden abgeschlossen

YUNAS REISE ZUM ICH ODER MY SEX CHANGE EXPERIENCEE

von Yuna Hirasawa
€ 10,00 (D) / € 10,30 (A)
O **Einzelband** 08/21

ZWEI ESPRESSO

von Kan Takahama
€ 12,90 (D) / € 13,30 (A)
O **Einzelband**

ZOMBIE 100 - BUCKET LIST OF DEAD

von Makoto Yukimura
€ 7,00 (D) / € 7,20 (A)
O **Band 1**
O **Band 2** 08/21
Bisher 7 Bände in Japan

VIGILANTE – MY HERO ACADEMIA ILLEGALS

von Horikoshi, Furuhashi & Court
€ 6,99 (D) / € 7,20 (A)
O **Band 1 bis 8**
O **Band 9** 06/21
Bislang 11 Bände in Japan

VINLAND SAGA

von Makoto Yukimura
€ 7,95 (D) / € 8,20 (A)
O **Band 1 bis 23**
O **Band 24** 09/21
Bislang 25 Bände in Japan

WALKINDER, DIE

von Abi Umeda
€ 6,99 (D) / € 7,20 (A)
O **Band 1 bis 14**
O **Band 15** 07/21
Bislang 18 Bände in Japan

WEEKLY SHONEN HITMAN

von Kouji Seo
€ 7,00 (D) / € 7,20 (A)
O **Band 1 bis 3**
O **Band 4** 06/21
O **Band 5** 08/21
Bislang 13 Bände in Japan

WER BIST DU ZUR BLAUEN STUNDE

von Yuhki Kamatani
€ 10,00 (D) / € 10,30 (A)
O **Band 1 bis 3**
€ 12,00 (D) / € 12,40 (A)
O **Band 4**
In 4 Bänden abgeschlossen

WET MOON

von Atsushi Kaneko
€ 19,90 (D) / € 20,50 (A)
O **Band 1 & 2**
€ 24,90 (D) / € 25,60 (A)
O **Band 3**
In 3 Bänden abgeschlossen

YAKUZA GOES HAUSMANN

von Kousuke Oono
€ 7,50 (D) / € 7,80 (A)
O **Band 1 bis 4**
O **Band 5** 06/21
Bislang 6 Bände in Japan

3/11 – TAGEBUCH NACH FUKUSHIMA

von Yuko Ichimura & Tim Rittmann
€ 12,90 (D) / € 13,30 (A)
O **Einzelband**

TO THE ABANDONED SACRED BEASTS

von Maybe
€ 6,99 (D) / € 7,20 (A)
O **Band 1 bis 9**
€ 7,99 (D) / € 8,30 (A)
O **Band 10**
O **Band 11** 09/21
Bislang 12 Bände in Japan

TORIYAMA SHORT STORIES

von Akira Toriyama
€ 5,95 (D) / € 6,20 (A)
O **Band 2 bis 4, 7**
€ 6,95 (D) / € 7,20 (A)
O **Band 6**
€ 7,95 (D) / € 8,20 (A)
O **Band 5**
Bislang 8 Bände in Japan

TRIAGE X

von Shouji Sato
€ 6,95 (D) / € 7,20 (A)
O **Band 1 bis 5**
€ 7,95 (D) / € 8,20 (A)
O **Band 6 bis 20**
O **Band 21** 09/21
Bislang 22 Bände in Japan

UNLUCKY YOUNG MEN

von Fujiwara & Otsuka
€ 19,90 (D) / € 20,50 (A)
O **Band 1 & 2**
In 2 Bänden abgeschlossen

UNSERE FARBEN

von Gengoroh Tagame
€ 10,00 (D) / € 10,30 (A)
O **Band 1 & 2**
O **Band 3** 06/21
In 3 Bänden abgeschlossen

VAMPIRE KNIGHT – MEMORIES

von Matsuri Hino
€ 6,99 (D) / € 7,20 (A)
O **Band 1 bis 5**
Bislang 6 Bände in Japan

THE CASE STUDY OF VANITAS

von Jun Mochizuki
€ 7,99 (D) / € 8,30 (A)
O **Band 1 bis 8**
Bislang 9 Bände in Japan

THE DEMON PRINCE

von Aya Shouoto
€ 6,95 (D) / € 7,20 (A)
O **Band 1 bis 16**
In 16 Bänden abgeschlossen

THE GOLDEN SHEEP

von Kaori Ozaki
€(D) 8,00 / €(A) 8,30
O **Band 1 bis 3**
In 3 Bänden abgeschlossen

THE HEROIC LEGEND OF ARSLAN

von Yoshiki Tanaka
€ 6,99 (D) / € 7,20 (A)
O **Band 1 bis 12**
O **Band 13** 09/21
Bislang 13 Bände in Japan
€ 7,50 (D) / € 7,80 (A)
O **Doppelpack 1+2**

THE KILLER INSIDE

von Hajime Inoryu & Shota Ito
€ 7,50 (D) / € 7,80 (A)
O **Band 1** 08/21
Bislang 9 Bände in Japan

THE PROMISED NEVERLAND

von Shirai & Demizu
€ 6,99 (D) / € 7,20 (A)
O **Band 1 bis 17**
O **Band 18** 06/21
O **Band 19** 09/21
In 20 Bänden abgeschlossen

THE ROYAL TUTOR

von Higasa Akai
€ 6,99 (D) / € 7,20 (A)
O **Band 1 bis 13**
O **Band 14** 09/21
Bislang 16 Bände in Japan
€ 7,50 (D) / € 7,80 (A)
O **Doppelpack 1+2**

»i hear the sunspot« ist eine japanische Serie, und in Japan wird von »hinten« nach »vorn« und von rechts nach links gelesen. Weil wir bei Carlsen Manga so originalgetreu wie möglich übernehmen, erscheint auch »i hear the sunspot« auf Deutsch in der ursprünglichen Leserichtung. Man muss diesen Manga also »hinten« aufschlagen und Seite für Seite nach »vorn« weiterblättern. Auch die Bilder auf jeder Seite und die Sprechblasen innerhalb der Bilder werden von rechts oben nach links unten gelesen, so wie in der Grafik gezeigt. Das ist gar nicht so schwer.

Viel Spaß mit »i hear the sunspot«!

CARLSEN MANGA

Aus dem Japanischen von Dorothea Überall
HIDAMARI GA KIKOERU -LIMIT- 2 by Yuki Fumino

Original Japanese edition published by FRANCE SHOIN
This German edition ist published by arrangement with FRANCE SHOIN Inc., Tokyo in care of Tuttle-Mori Agency, Inc., Tokyo.
Redaktion: Britta Hellwig
Herstellung: Tobias Hametner

ISBN: 978-3-551-71490-9